소란한 비밀

창비청소년문학 143
소란한 비밀

초판 1쇄 발행 | 2026년 1월 23일

지은이 | 강은지
펴낸이 | 염종선
책임편집 | 안신희
조판 | 박지현
펴낸곳 | (주)창비
등록 | 1986년 8월 5일 제85호
주소 | 10881 경기도 파주시 회동길 184
전화 | 031-955-3333
팩스 | 영업 031-955-3399 편집 031-955-3400
홈페이지 | www.changbi.com
전자우편 | ya@changbi.com

ⓒ 강은지 2026
ISBN 978-89-364-5743-3 43810

소란한 비밀

강은지 장편소설

창비

차례

눈 내리는 저녁 식사

묵호의 겨울 바다는 왠지 모르게 쓸쓸한 느낌이 든다. 티 없이 맑은 바닷물은 지치지 않고 해변을 들락거렸다. 멀리에만 있는 것 같던 파도가 눈 깜짝할 사이 발치에 닿았다. 바닷바람이 만만치 않았지만 다희는 바다를 떠날 생각을 하지 않았다. 다희는 전부터 안정기를 넘기면 바다에 가자고 노래를 불렀다. 안정기를 훌쩍 넘기고 나서야 다희와 재형, 다온은 묵호에 왔다.

다희는 조심스럽게 배에 손을 올렸다. 뱃속 아기가 놀랄까 봐 배를 쓰다듬지는 않았다. 다희와 재형은 큰 소리를 내지 않으려 노력했고, 터무니없는 미신도 흘려듣지 않았다. 다온은 다희가 종종 하던 말을 멈춘다고 느꼈다. 한 번 입 밖으로 나온 말은 두 번 다시 주워 담을 수 없다는 걸 알기에 매사에 조심스러웠다. 두 번의 유산 끝에 찾아온 소중한 아이였다.

강원도는 멀었다. 다온은 차에만 타면 멀미를 하는 탓에 곧장 잠이 들었는데, 안 그래도 조용한 차 안에 클래식 음악까지 잔잔히 울려 퍼지는 통에 더욱 잠이 쏟아졌다. 하지만 차에서 자는 잠은 잠 같지 않아서 더 피곤하기만 했다. 꾸벅꾸벅 졸다가 정신을 차리면 휴게소, 또 다시 졸다가 퍼뜩 눈을 뜨면 휴게소의 반복이었다. 얼굴색이 파리한 다온과 다르게 다희는 즐거워 보였고 조금은 들떠 있었다. 바람이 찬데도 평소와는 달리 고집스럽게 바다에 머물렀다. 다온은 언니의 그런 모습은 오랜만이라고, 아니 어쩌면 처음일지도 모른다고 생각했다.

　다온이 다희를 처음 만난 건 열 살 때였다. 다온보다 열다섯 살이 많은 언니의 인상은 어딘지 모르게 차가우면서도 다정했다. 다온에게 다희는 엄마보다도 더 어른 같아 보였다. 다희는 자신에게 닥친 상황을 완벽히 이해하는 듯했다. 다온의 엄마와 다희의 아빠가 결혼하겠다고 말한 건 그 다음 다음 날이었다. 다온은 그날의 저녁 식사가 무척 어색하고 싫었지만 내색하지 않았다. 모두가 웃고 있었다. 그래서 다온도 웃지 않을 수 없었다.

　눈이 쏟아진 건 예상 밖의 일이었다. 두껍게 껴입은 다희가 그제야 뒤뚱뒤뚱 모래사장을 벗어났다. 겨울 바다의 파도는 금세 매섭게 휘몰아쳤고 맑기만 하던 하늘은 순식간에 희뿌예졌다.

　"2월에 웬 폭설인지."

　그렇게 말했지만 사실 재형은 일기예보를 알고 있었다. 눈이 꽤

나 내릴 것도, 차가 막힐 것도, 어쩌면 힘들기만 한 여행이 될지 모른다는 것도 모두 알았지만 여행을 강행했다. 새 학기가 시작되기 전 다온과 함께 보낼 수 있는 마지막 주말이었기 때문이었다. 다온은 언니와 형부의 마음에 무척 감동했다. 열 살 때 생긴 언니도 갑자기 나타난 형부도 다온에게는 어려운 존재였다. 다희와 다온은 사실 꽤 오랫동안 데면데면했는데, 함께 여행을 다닐 만큼 가까워진 건 다온이 다희의 아기의 태몽을 꾼 이후부터였다.

숙소에 도착한 재형이 어깨에 앉은 눈을 털었다. 창문 너머로 어두워져 검게 변한 바다가 보였다.

"이제 고기 구울까?"

다희가 말했다. 숙소를 고른 건 다희였다. 큰 창으로 바다가 보이고 취사가 가능한 리조트. 객실 내부는 평범했지만 벽 한 면이 창문인 덕에 풍경이 멋졌다. 세 사람은 미리 장 봐 온 것들을 풀어 저녁을 준비했다. 재형은 날것을 먹지 못하는 다희를 위해 대게를 쪘다. 창밖으로 눈이 내리고 있었다. 온통 회색빛이었지만 눈이 내리는 건 아름다웠다.

엄마의 두 번째 결혼식에도 눈이 내렸다. 차를 여러 대 미끄러트릴 함박눈이었다. 말은 결혼식이지만 가족이 될 사람들이 모인 식사 자리 정도였다. 그곳에 가기 전 다온은 한참이나 눈 내리는 걸 바라봤다. 두 뺨이 꽁꽁 얼어 버리는 것도 까맣게 모르고 그 광경이 정말 아름다운 것인지 생각했다. 그날 고속도로에서 큰 사고가 났다. 엄마는 뉴스를 들여다보지 않았고 다온은 그날 먹은 저녁을 전부 게워 냈다. 모든 걸 쏟아 냈다고 생각했는데, 여전히 쏟아지지 않는 무언가로 가득 차 있었다.

저녁 식사 후엔 세 사람이 나란히 소파에 앉아 창밖 바다를 봤다. 외풍이 들어 함께 이불을 뒤집어썼다. 하늘은 한 시간 전보다 맑았고 눈도 거의 그쳤다. 해가 넘어가며 먹구름과 붉은빛이 뒤섞였다. 고화질 화면처럼 선명한 노을빛에 다온은 강원도에 와 있는 것도, 다희와 재형 사이에 앉아 바다를 보는 것도 전부 현실 같지 않았다. 얼마 전까지만 해도 너무도 먼 이야기였다.

"찰떡아, 이모랑 같이 오니까 좋지?"

다희가 배 위에 손을 얹고 말했다. 다희와 재형은 아기가 자신들에게 찰떡같이 잘 붙어 있으라고 태명을 찰떡이라고 지었다. 세 사람은 다시 창밖을 봤다. 붉은빛이 그들의 얼굴에도 스미는 것 같았다.

"태몽 이야기 해 줄래?"

다희가 다온의 어깨에 기대며 말했다. 다희는 종종 태몽 이야기를 들려 달라고 했다.

"언니랑 나랑 숲을 걷고 있었는데 커다란 복숭아가……."

두 차례 유산을 겪고 다희는 오랫동안 그 이유에 대해 고민했다. 그런 고민이라도 붙잡고 있지 않으면 견디기 어려운 상실이었다. 잠을 더 잘 잤어야 했나, 밥을 더 신경 써서 챙겨 먹었어야 했나, 온갖 가능성을 상상하던 다희에게 직장 동료의 무심한 한 마디가 꽂혔다.

태몽을 안 꿔서 그런 거 아니야?

머리로는 그럴 리 없다는 걸 알면서도 그 말은 다희의 마음속에서 계속 맴돌았고 점점 진짜인 양 자리 잡았다. 세 번째 임신을 알게 되었을 때도 다희는 기쁨보다 불안함이 조금 더 컸다. 불안함을 덜기 위해 먹는 음식의 종류와 양부터 잠자는 시간, 자세까지 신경 썼다. 조금이라도 몸에 힘이 들어가는 운동은 두려워서 대신 매일 산책을 했다. 그리고 매일 밤 내심 태몽을 꾸길 바라며 잠들었고, 꿈 없이 아침을 맞이하면 실망했다. 주변에서 태몽을 꾸었다고 연락하진 않을까 싶어 휴대폰을 평소보다 자주 확인했다. 어디에든 매달리고 싶을 만큼 간절했다.

다온은 자신이 태몽을 꿨다고 들었을 때 다희의 표정을 잊을 수 없다. 다희가 다온에게 보인 가장 다채로운 표정이었고 한 번도 다온에게 보인 적 없는 얼굴이었다. 다온에게 다희는 언제나 고요한 사람이었다. 감정의 동요가 적고 차분해서 마냥 어른 같기만 한. 하지만 그 순간의 다희는 커다란 선물을 받고 기쁨을 주체 못 하는 어린아이 같았다. 자신이 알던 언니가 맞나 싶을 정도였다. 다희는 다온의 손을 잡고 연신 고맙다고 했다. 돌이킬 수 없는 순간의 시작이었다.

묵호의 바다는 맑았다. 다온의 발 장난 정도로 탁해지지 않았다. 모래만 살짝 일렁일 뿐, 다온은 바다를 어지럽히지 못했다. 하지만 다온의 마음은 파도 소리에도 어질러졌다. 마구 부서졌다. 다희가 태몽 이야기를 들으며 안도할 때마다, 찰떡이가 주수에 비해 몸집이 작다고 걱정할 때마다 마음이 아득해졌다.

다온은 태몽을 꾸지 않았다.

초대장

거짓말을 하면 꼭 불행해졌다. 아주 작은 거짓말도 단단한 돌이 되어 날아왔다. 다온이 여덟 살 때, 피아노 학원에 간다고 거짓말을 하고 놀이터에 간 적이 있다. 그날따라 다른 아파트 놀이터가 궁금했고, 학원 친구네 놀이터에서 해가 지도록 놀았다. 철봉에 거꾸로 매달리다 휴대폰이 떨어져 망가져 버렸고, 학원 선생님이 엄마에게 전화를 걸었을 때 다온은 집에 돌아가려다 길을 잃은 후였다. 엄마가 다온을 찾다가 교통사고를 당한 건 꼭 다온이 잘못해서 받은 벌 같았다. 사고가 날 만한 길이 아니었다. 하지만 무리하게 신호를 넘으려던 차가 엄마를 덮쳤다. 엄마는 어깨를 크게 다쳤다. 다온은 엄마가 병원에 입원해 있는 동안 홀로 남겨진 방 안에서 거짓말을 끊기로 다짐했다.

오랫동안 거짓말을 멀리하던 다온이 꾸지 않은 태몽을 꾸었다고 말한 건 그저 다희를 웃게 해 주고 싶어서였다. 착한 거짓말은 괜찮다고 스스로를 합리화했다. 두 번의 유산은 가족 모두를 가라앉게 했다. 그 기간 동안 다온은 가족들이 꼭 어항 속에 갇힌 것 같다고 생각했다. 다희의 눈물 한 방울은 얕은 파동이었지만 끝내 파도가 되었다. 모든 게 제자리에 있지만 순식간에 사라져 버릴 것만 같았다.

복숭아는 '태몽'을 검색했을 때 가장 많이 나오는 과일이었다. 다온은 엄마에게 복숭아가 언니를 쫓아가는 꿈을 꾸었다고 말했다. 엄마는 다온의 이야기가 태몽임을 단번에 알았고 다희에게 전했다. 처음에 다온은 그저 좋았다. 불안한 나날을 보내던 다희의 불안을 조금이라도 잠재울 수 있었으니까. 다온은 조금씩 거짓말에 살을 붙였다. 거대한 복숭아, 울창한 숲, 행복한 언니. 꿈속 날씨는 점점 더 화창해졌으며 거대한 복숭아는 날이 갈수록 더 탐스러워졌다. 무언가 잘못됐다는 걸 어렴풋이 눈치채고 있었지만 외면했다. 처음부터 어긋난 일이 제대로 흘러갈 리 만무했다.

다온은 다희가 안정기에 접어들면 진실을 고백할 생각이었다. 사실은 태몽을 꾼 적이 없다고. 다만 언니의 불안을 조금이나마 잠재우고 싶었다고. 오래 끌 생각도 하지 않았다. 하지만 다희가 너무 기뻐했다. 태몽을 꾼 사실에 안도했고 다온의 거짓말에 의지했다. 진실을 털어놓을 수 없었다. 하지만 언젠가는 말해야 했다. 엄마가 다쳤던 것처럼, 다온의 거짓말 때문에 누군가 벌을 받을 것만 같았다. 불행이 자신에게 오는 건 견딜 수 있었다. 하지만 만약, 만에 하나라도 그 불행이 다희에게 닿는다면, 찰떡이에게 무슨 일이 생기기라도 한다면. 다온은 내내 그것이 가장 두려웠다.

*

새 학기가 시작되었다. 아이들은 방학이 끝나 버린 것에 아쉬움을 토로했지만 다온은 오히려 개학이 반가웠다. 집에 있고 싶지 않았다. 가능한 한 거짓말로부터 멀리 떨어지고 싶었다. 거짓말이 몸에 덕지덕지 묻어 있다고 생각했다. 그건 털어 내거나 목욕을 한다고 없어지는 것이 아니었다. 거짓말은 몸이 아니라 마음에 묻어 있었다.

다온은 1반이 되었다. 작년에 함께 점심을 먹던 친구와 다른 반이 된 건 아쉬웠지만 같은 초등학교를 나온 아이들이 몇 명 있었다. 중학교 2학년의 첫날은 1학년 때와 달랐다. 선생님들은 새로운 환경에 처한 아이들을 배려하지 않고 곧바로 수업을 진행하는 바람에 야유를 받았지만 전혀 아랑곳하지 않았다.

다온은 도무지 수업에 집중할 수 없었다. 어젯밤에도 잠을 설쳤다. 다희의 배가 저번보다 더 부른 것 같다는 말에 엄마는 아니라며 웃었지만 다온은 알았다. 찰떡이는 잘 크고 있다. 좋은 일이었다. 분명 좋은 일이었지만 어젯밤 쫓기는 꿈을 꿨다. 거짓말을 하고 나면 다온은 항상 꿈속에서 땀을 뻘뻘 흘렸다. 꿈속에는 종종 알아볼 수 없는 형체가 둥둥 떠다녔다. 다온은 그것이 복숭아라고 믿기 위해 최선을 다했다. 언젠간 정말로 복숭아로, 핑크빛이 도는 말랑한 복숭아로 변할 거라고 믿고 싶었지만 번번이 실패했다. 형체는 다온의 턱끝까지 쫓아왔고 도망치던 다온은 방문을 잠그고 주저앉았는데, 왠지 그 형체가 계속 문 앞에 있는 것만 같았다. 결코 따뜻하지도 않고 말랑거리지도 않는 서늘한 무언가가.

학기가 시작된 지 벌써 한 달이 지났지만 도무지 수업에 집중할 수 없었다. 밤마다 잠을 설치니 낮에는 쏟아지는 졸음을 물리칠 재간이 없었다. 다온은 한 달 만에 여섯 번이나 교실 뒤로 쫓겨났다. 짝꿍이 된 하린도 수업 내내 졸았지만 꼭 다온이 먼저 걸리는 통에 한 번도 교실 뒤로 쫓겨나지 않았다. 다온은 요령이 없는 편이었다. 들키지 않을 수 있는 일도 곧잘 들켰다. 어떤 상황이든 정직해야 한다고 강조하곤 했던 엄마 탓인지도 모른다. 엄마는 작은 거짓말도 싫어했다.

"너 일기예보도 확인 안 했잖아. 왜 비 올 수도 있다고 했어?"

"등산 가기 싫어서."

"다온아, 작은 거짓말도 거짓말이야. 엄마는 네가 어디 가서 거짓말하는 아이로 보이는 거 싫어. 사람들이 욕해. 엄마 혼자 키워서 그렇다고."

'혼자'라는 말은 다온의 심장을 덜컥이게 했다.

"부족해도 되고, 실패해도 되니까 뭐든 정직하게 해. 거짓말은 한번 시작하면 불어나는 거야. 그렇게 되면 네가 한 거짓말에 갇혀서 빠져나오지 못하게 될 수도 있어."

다온은 이제야 엄마의 말을 이해했다. 결국 다온은 자신의 거짓말 속에 갇혀 버리고 말았다.

"다온이, 요즘 무슨 일 있는 거니?"

교무실은 따뜻하고 답답했다. 수업을 마친 선생님들이 하나둘 교무실 안으로 들어오며 척 봐도 혼이 나고 있는 다온을 힐끔거렸다. 괜히 한마디를 얹으며 끼어들기도 했다.

"작년에는 이러지 않았던 것 같은데."

담임 선생님은 가자미눈을 뜨고 다온을 쳐다봤다. 그럴 만도 했다. 지난 며칠 동안 다온의 수업 태도는 엉망이었다. 답답했지만 누구에게도 털어놓을 수 없었다. 다온은 그럴 만한 친구도 없었다.

"사흘 동안 도서관 벌 청소다. 도서관 이사한 거 알지? 방과 후에 도서부 도와서 책 정리해. 앞으로는 수업 좀 잘 듣고."

선생님은 울상이 된 다온의 얼굴은 보지도 않고, 책 속에 파묻혀 있다 보면 제정신이 돌아올 거라고 했다. 어쩌면 그럴지도 몰랐다. 수많은 글자 속에 둘러싸여 있으면 정작 머릿속에 가득 찬 말들이 밀려날지도 몰랐다. 다온은 아무 생각도 하지 않고 싶었다.

'다희 언니는 나를 미워했을까.'

처음 만났을 때 다희는 이미 대학을 졸업하고 취업을 준비하던 시기였다. 다온과 엄마와 함께 살기 시작할 무렵 다희는 취업에 성공했고, 회사와 가까운 곳에 집을 얻었다. 다희와 만나는 건 한 달에 한두 번뿐이었다. 다온의 외할머니와 외할아버지는 엄마의 재혼이 엄마와 다온을 살리는 일이라고 했다. 다온은 그 말을 이해하지 못했지만 엄마와 오래오래 함께 살고 싶었기에 고개를 끄덕였다.

'언니도 그랬을까.'

다온은 다희가 어떻게 아빠의 재혼을 받아들였을지 늘 궁금했다.

'언니는 동생을 원했을까?'

다온은 한 번도 다희에게 그런 질문을 하지 않았다. 어떤 대답을 듣고 싶은지 스스로도 알지 못했다. 다만 언니와 다시 그때처럼 서먹해지지 않길 바랄 뿐이었다.

원래 도서관은 본관 1층 보건실 맞은편에 있었다. 별관에 공사 중이던 새 도서관이 완공되어, 구도서관에서 책을 옮겨 와 정리하는 중이었다.

도서부는 총 네 명이었다. 이제 막 들어온 1학년 한 명, 2학년 두 명, 도서부장인 3학년 한 명이었다. 2학년 남유진과 백서원은 다온도 아는 얼굴이었다. 서원은 1학년 때 같은 반이었고 유진은 작년 전교 회장 선거에서 부회장으로 선출됐다. 다온은 평소 표정 변화가 없고 말수가 적던 유진이 부회장 선거에 출마한 것이 신기했다. 이상하게 유진을 좋아하는 아이들은 딱히 없는 것 같은데 유진은 압도적인 표를 받고 전교 부회장이 되었다. 사실 다온도 유진을 뽑았다. 친하지 않아도 유진에게서는 설명하기 어려운 신뢰감이 느껴졌다. 누구에게도 귀찮은 일을 떠맡기지 않을 것 같은 단호함과 책임감이 보였다.

다온은 첫날부터 책을 날랐다. 행정실에서 작은 수레를 빌려 온 덕에 일이 수월했다. 다온이 오기 전에 이미 절반 이상이 정리된 상태였다.

"여기 있는 책을 순서대로 꽂으면 돼. 위는 내가 할 거니까 아래쪽만 부탁해."

서원이 800번대에 쌓인 책들을 가리켰다. 새 책장은 다섯 칸짜리로 다온은 맨 위 칸엔 손이 닿지 않았다.

"넌 키가 더 큰 것 같다?"

서원은 중학교에 입학할 때부터 170센티미터가 넘어 시선을 끌었다. 키가 클 뿐 아니라 못하는 운동이 없어 배구부와 농구부의 영입 제의를 받기도 했다.

"조금 더 크면 180이야."

서원이 키득거렸다. 여자 중학교에서 서원만큼 큰 친구는 없었다. 학교 밖에선 옆 학교 남학생들이 서원의 키를 가지고 왈가왈부하는 경우도 있었지만 그럴 때마다 서원은 자기보다 작은 그 애들을 가만히 내려다볼 뿐이었다.

"순서가 틀렸어."

유진은 다온이 꽂은 둘째 칸의 책들을 전부 꺼내야 한다고 했다.

"기역, 니은, 디귿 순서뿐만 아니라 숫자 순서도 맞추어 꽂아야 해. 그래야 찾기 쉬워."

유진은 책 표지에 붙은 스티커의 숫자를 가리켰다.

"헉, 숫자가 있는 줄 몰랐어."

다온은 책장을 자세히 들여다봤다. 기역 1~30, 니은 1~30이라고 적혀 있었다.

"모르면 물어봐. 일 두 번 하지 말고."

"어, 어. 미안."

다온이 어버버하는 사이 유진은 곧바로 다른 구역으로 가 버렸다. 유진과 대화다운 대화를 나눈 건 이번이 처음이었는데 왠지 마음에 칼바람이 부는 것 같았다. 유진은 손이 정말 빨랐다. 서원도 그렇고 안경 쓴 3학년 선배도 그랬다. 다온은 도서부에 아직 완전히 적응하지 못한 1학년과 힘을 합쳤다. 정리는 한 시간 동안 쉴 새 없이 진행되었다.

"오늘은 여기까지만 하자. 다온이가 같이 고생해 줘서 빨리 끝날 것 같아."

3학년 선배가 음료수를 나눠 주며 말했다.

"국어 쌤이 사 주셨어. 난 바로 학원 가야 하거든? 유진아, 문단속 잘하고 가."

선배가 떠난 후에도 아이들은 쉽게 일어나지 못했다. 들고 나른 책이 몇 권인지 셀 수 없었다. 음료 뚜껑을 따는데 손이 떨려 왔다.

"우리도 가자. 다들 고생 많았어."

서원이 먼저 일어났고 뒤이어 유진이 일어났다. 다온은 쉽게 몸을 일으키지 못했지만 유진이 이미 열쇠를 들고 문 앞에 서 있었다.

"유진 언니는 좀 무서운 것 같아요."

함께 교문을 나서던 1학년이 다온에게 가까이 붙어 속삭였다.

"도서부…… 괜찮겠죠?"

1학년은 옅은 한숨을 내쉬었다. 도서부는 인기 있는 부서가 아니었다. 다른 동아리에 비해 할 일이 많고, 도서 대출 당번인 날에는 점심시간 내내 도서관에 머물러야 했다.

"조용하게 공부나 할 수 있을 줄 알고 들어왔는데, 영 아니네요."

"3학년 언니 공부 잘한다며? 유진이는 전교 부회장에 전교 1등이고. 시험 기간에 도움이 되어 주지 않을까?"

다온은 달리 해 줄 말이 떠오르지 않았다. 유진은 중학교에 입학한 후로 한 번도 전교 1등을 놓친 적이 없다는 소문이 자자했다. 공부를 하고 싶다는 1학년에겐 도움을 줄 수 있을 것이었다.

"뭐, 저도 1등으로 입학하긴 했어요. 다른 애들은 잘 모르지만요. 언니 말 들으니까 기분 좋아졌어요. 왠지 도서부가 학업 우수자 동아리 같잖아요."

1학년이 어깨를 으쓱였다. 다온은 순간 도서부가 아주 멀게 느껴지는 것 같았다.

"진짜 그러네. 그럼 서원이는 왜……?"

"책을 좋아하나 보죠. 도서관을 좋아하거나. 전 이쪽으로 가요. 내일 봐요!"

마침 신호등이 초록불로 바뀌어 1학년이 빠르게 횡단보도로 건너갔다. 주변은 한순간에 고요해졌다.

학교 정문 바로 왼편에 이어진 배수로를 따라 걸으면 집까진 십오 분도 채 걸리지 않았다. 횡단보도를 건너면 촘촘히 붙어 있는 건물들을 빙 돌아서 가야 하기 때문에 다온은 주로 배수로 길을 이용했다. 하지만 오늘은 횡단보도 앞에 섰다. 집에 빨리 가고 싶지 않았다. 이번 주 토요일엔 다희가 올 것이고, 엄마와 아빠는 다희와 재형 그리고 찰떡이를 맞을 준비를 벌써부터 하고 있을 것이 분명했다. 다온의 집은 그 어느 때보다 활기찼다. 새로운 식구가 생긴다는 게 이토록 기쁜 일인지 다온은 처음 알았다.

아빠는 다온을 어려워했다. 엄마가 재혼하고 아빠와 함께 살게 되었을 때, 엄마는 다온에게 새아빠와 잘 지낼 수 있을 거라고 했다. 아빠는 이십오 년 전부터 딸을 키운 경력자였기에 엄마는 아빠의 경력을 믿어 의심치 않았다. 그러나 아빠는 지나치게 서툴렀다. 다온을 태하는 태도 하나하나가 딸은커녕 자식을 키워 본 적 없는 사람처럼 보였다. 다온도 마찬가지였다. 친아빠는 다온이 태어나기도 전에 엄마와 헤어졌기에, 다온은 아빠가 처음이었다. 친아빠에 대해서는 어디엔가 존재하고 있음을 어렴풋이 알고 있을 뿐이었다. 그래서 새로 갖게 된 아빠를 어떻게 대해야 할지 알지 못했다. 친구들에게 물어볼 수도 없었다. 주변에서 아빠와의 처음을 고민하는 친구는 보지 못했다.

다온은 집 앞 공원에 한참 동안 앉아 있었다. 공원엔 기저귀를 찬 아이들만 몇 명 왔다 갔다. 다온은 한 시간 넘게 그네에 앉아 발 장난을 쳤다. 해가 떨어지자마자 엄마에게 전화가 오지 않았다면 언제까지고 그곳에 앉아 있을 수도 있었다.

"얘가 요즘 왜 이래."

집에 들어가자마자 엄마가 말했다. 집은 훈훈한 공기로 가득했다. 엄마는 사골을 끓이고 있었다. 한 번 끓이기 시작하면 밤을 새울 테니 오늘 밤 잠은 다 잔 것이나 마찬가지였다.

"뭐가."

다온은 퉁명스럽게 가방을 벗고 소파에 앉았다. 욕실에선 물소리가 났다.

"담임 선생님한테 전화 왔어. 2학년 된 지 한 달밖에 안 됐는데 벌써부터 그러면 어떡해."

"엑, 쌤이 전화했어? 빌 청소하는 걸로 봐주는 줄 알았는데."

"얼른 교복이나 갈아입어. 저녁 금방 돼."

다온은 밍기적 일어나 가방을 발로 질질 끌었다. 엄마는 다온의 모습을 보고 고개를 저었다. 욕실에선 여전히 물소리가 났다. 집에서 다온은 아빠와 잘 마주치지 않았다. 함께 밥을 먹는 시간을 빼면 TV를 함께 보거나 이야기를 나누는 일은 거의 없다. 전에는 자신만 아빠를 피하는 줄 알았는데, 오늘도 아빠는 오래도록 욕실에서 나오지 않았다.

줄어들 기미가 보이지 않던 책들도 어느새 바닥을 드러냈다. 벌써 금요일이다. 책을 모두 정리하고 창문을 열어 바닥을 쓸었다. 도서관 바닥은 정성스러운 걸레질로 반짝거렸다. 새로 단장한 도서관은 꼭 책으로 가득 찬 카페 같았다. 서원은 마지막 쓰레기를 버리러 갔고, 유진은 도서관에 들여놓은 화분에 물을 주러 갔다. 다온은 중앙에 있는 소파에 앉아 다리를 통통 두드렸다. 책이 생각보다 훨씬 많고 무거웠지만 정리된 모습을 보니 뿌듯한 마음뿐이었다.

다온은 정리한 구역들에 책이 잘 꽂혀 있는지 다시 확인했다. 유진의 핀잔을 들은 후엔 한두 번 더 확인하게 됐다. 800번대 세 번째 칸에 다다랐을 때, 책 한 권이 눈에 들어왔다. 『거짓말 지키기』라는 외국 소설이었다. 다온은 홀린 듯 그 책을 꺼내 펼쳤다.

독일 작가가 오십 년도 더 전에 쓴 소설이었다. 사람들은 오십 년 전에도, 어쩌면 그보다 더 오래전부터 자신이 뱉은 거짓말을 지키려 애써 온 것일지도 모른다는 생각에 다온의 가슴이 벌렁거렸다. 다온은 책의 첫 문장을 읽었다.

거짓말을 들키지 않는 것은 불가능한 일일까?

다온은 첫 문장부터 단숨에 사로잡혔다. 그 밑으로 가득 찬 글자들을 천천히 읽어 내렸지만 오래된 책인데다가 번역된 문장이 잘 이해되지 않았다. 다온은 바로 중간으로 책장을 넘겼다. 그때 책 속에서 종이가 떨어져 나왔다. 흰 배경에 검은 글자만 쓰여 있었는데 마치 전에 본 다희의 청첩장 같기도, 초대장 같기도 했다.

거짓말을 지키기 어려운 당신, 지금 바로 '거짓말 무덤'으로.
거짓말 무덤은 익명의 오픈 채팅입니다.
아무도 당신의 거짓말을 나무라지 않아요.

종이 하단에는 오픈 채팅방 주소가 적혀 있었다. 다온은 순간 멀미가 나는 것 같았다. 뭐 눈엔 뭐만 보인다고, 다온은 하필 『거짓말 지키기』 사이에 꽂힌 의문의 초대장을 발견한 것에 대하여 왠지 모를 죄책감까지 느꼈다. 다온은 몸이 굳어 종이를 다시 책 사이에 꽂아 놓을 수도, 자세히 읽어 볼 수도 없었다.

"뭐 해?"

어느새 등 뒤로 다가온 서원의 목소리에 화들짝 놀라 다온은 책을 놓쳐 버리고 말았다.

"야, 이거 새 책인데."

서원은 재빠르게 허리를 숙였고, 다온은 의문의 초대장을 주머니에 넣었다.

"네가 갑자기 와서 그렇잖아. 인기척도 없이."

"내가 귀신이냐? 발소리 쿵쿵대며 왔고만. 얼른 나가자. 쌤이 고생했다고 뭐 사 주신대."

사흘간 코빼기도 보이지 않던 담임 선생님이 햄버거를 사 주었다. 서원은 세트 하나에 단품 두 개를 더 주문했다.

"그게 다 들어가요?"

1학년이 경악한 표정으로 서원을 쳐다봤다. 서원은 별다른 대꾸 없이 햄버거 포장을 뜯었다.

"클 때 커야지. 크는 것도 망설이면 도루묵이야."

"저 언니는 그만 커도 될 것 같은데……."

선생님은 더 대꾸하지 않고 햄버거를 크게 한 입 베어 물었다.

"선생님은 이미 다 컸는데 뭘 그렇게 전투적으로 먹어요?"

"얌마, 나는 이제 살려고 먹는 거고."

선생님은 햄버거를 와구와구 씹기 시작했고, 유진은 소리 없이 햄버거를 오물거렸다.

"다들 고생 많았어. 특히 다온이. 이참에 도서부에 들어오는 건 어때? 도서부랑 잘 맞는 것 같은데."

"글쎄요."

선생님의 말에 다온은 심드렁함을 감출 수 없었다. 엄마에게 전화를 한 것에 대한 앙금이 남아 있었다. 벌을 줄 거면 벌만 주고, 엄마에게 전화할 거면 전화만 했어야 하지 않나. 그런 생각에 자꾸 선생님이 못되게 보였다.

"잘 생각해 봐. 너희 금방 고등학생 된다. 그때 가서 공부하느라 아무것도 못하네, 어쩌네 하지 말고 지금 할 수 있는 건 다 해 봐. 도서부가 아니더라도 말이야. 동아리를 아예 만들어 보든가."

"만들 수도 있어요?"

1학년이 눈을 반짝이며 물었다.

"만들 수야 있지. 기획하고, 예산 짜고, 모집하고, 담당 선생님 구하고……."

"아, 됐어요, 됐어. 그렇게 귀찮은 짓을 누가 하겠어요."

"너희는 조금만 귀찮아도 안 하려고 하지. 막상 하면 즐거울 텐데 말이야. 아무튼, 잘 생각해 봐."

"근데 도서부랑 맞는 사람이 따로 있어요?"

다온이 햄버거를 먹는 일에 열중하는 서원을 힐끔 쳐다보며 말했다.

"도서관에 있는 걸 좋아하면 맞는 거지."

왠지 다온은 그 말이 오래도록 생각났다. 책을 정리하는 동안은 다희가 떠오르지 않았다. 도서관 정리가 벌써 끝나 버린 것이 오히려 아쉬울 지경이다. 내일은 토요일이고 다희가 온다. 집 냉장고엔 얼린 사골이 차곡차곡 쌓여 있다. 아빠는 찰떡이를 위한 아기 침대를 손수 만들겠다고 매주 목공 수업에 나간다. 다온은 어서 찰떡이가 태어나길 바랐다. 무사히 세상에 나와 불안한 자신의 마음을 모두 잠재워 주길 바랐다. 다온은 꼭 주머니 속에 바늘이 있는 것 같았다. 아주 날카롭고 뜨거운 것이, 조금만 방심하면 곧바로 허벅지를 관통해 버릴 것이.

토요일, 다온은 점심이 다 되어서야 눈을 떴다. 어젯밤 내내 도서관에서 발견한 종이를 읽고, 또 읽었다. 오픈 채팅방을 검색해 보기로 했다. 어쩌면 그 초대장은 『거짓말 지키기』의 부록일지도 모른다고 생각했다. 하지만 오픈 채팅방은 진짜로 있었다. 터치한 번이면 채팅방에 들어갈 수도 있었다. 채팅방의 이름과 익명이라는 설명도 진짜였다. 가짜일 것 같은 전부가 진짜였다. 다온은 몇 번이나 '참여하기' 위에 손가락을 올렸다가 내렸다. 혹시라도 누군가의 가벼운 장난에 자신의 비밀이 새어 나가게 될까 봐 망설여졌다.

다온은 어려서부터 혼자 놀았다. 친구가 몇 있었지만 마음을 터놓을 만큼 친한 친구는 아니었다. 특히 비밀을 공유하는 친구는 없었다. 자신의 비밀을 털어놓는 일도, 누군가의 비밀을 듣는 일도 내키지 않았다. 비밀은 등가교환이 되지 않는다. 누구나 자신이 가진 비밀이 더 크다고 생각한다. 내가 끙끙 앓고 있는 이 비밀을 타인은 이해하지 못할 수도 있다. 다른 사람의 마음을 헤아리는 게 가능하기는 할까?

엄마는 왜 애를 낳지 않아?

엄마와 아빠가 함께 산 지 이 년이 다 되었을 때, 다온이 물었다. 애가 있어야 끈끈해진다는 말을 들었기 때문이었다. 그 말을 한 사람은 다온의 친할머니였다. 친할머니가 생기면서 그간 다온을 돌보아 주었던 할머니는 '외할머니'가 되었다. 다온이 가진 마음의 거리와 상관없이 다온의 할머니는 바깥으로 밀려났다. 새로 생긴 할머니가 부르는 '다온아'는 '다희야'와는 달랐다. '다온'은 미지근하고 '다희'는 따뜻했다. 다희의 할머니는 다희와 다온의 이름이 비슷한 게 운명이라고 했다. 이름이 나란히 붙어 있을 때 두 사람은 영락없는 자매였다. 다온은 그게 반가웠던 적도 있었다. 하지만 자신의 '다'는 '많을 다(多)'였고 다희의 '다'는 '풍족할 다(繹)'였다. 비슷해 보여도 사실은 달랐다.

엄마는 다온에게 동생을 갖지 않을 것이라고 했다. 다온은 자신의 의지와 상관없이 멀어진 외할머니를 보며 엄마의 말을 어렴풋이 이해했다. 새로운 가족이 늘어나면 이번엔 엄마와 멀어지게 될지도 몰랐다.

아니, 사실 아무것도 이해하고 싶지 않았다. 어쩌면 동생을 가지고 싶었는지도 모른다. 난생처음 보는 언니도 생겼는데, 동생이라고 뭐 다를까. 반쪽짜리라도 자신의 편이 생길지 모른다고 생각했다. 다온은 처음으로 사람들이 '완전하다'고 인정하는 형태의 가족을 갖게 되었는데, 모든 게 이상하고 어색하게만 느껴졌다.

밥솥이 취사 완료를 알리기 전, 다희가 왔다. 재형은 한 손엔 큼지막한 빵 봉투를, 한 손엔 딸기 한 박스를 들고 있었다.

"저녁 먹어야 하는데 뭘 그리 사 왔어."

아빠가 재형에게서 봉투를 건네받았다.

"후식으로 먹으면 되지. 이거 내가 제일 좋아하는 빵인데, 오늘 줄 서서 사 왔어."

"직접?"

"이 서방이 사 왔죠."

엄마의 말에 다희가 웃으며 대답했다.

"먹성 좋은 녀석이 나올 건가 봐요. 저희 집 냉장고가 아주 터지기 일보 직전이라니까요?"

재형이 죽겠다는 듯 울상을 지었지만 그 속엔 행복이, 기쁨이, 설렘이 있었다.

"오늘 사골도 가져가야 하는데, 어쩌나?"

엄마의 말에 모두가 웃었다. 다희는 소파에 앉아 가만히 배에 손을 올려 두었다. 국이 끓기 전인데도 거실이 따뜻해졌다.

엄마는 요리를 잘하지 못했다. 다온이 어렸을 땐 할머니가 저녁을 차려 줬고, 아침은 빵이나 떡을 먹었다. 그마저도 초등학교에 입학하고 나선 챙겨 먹지 않았다. 엄마의 임무는 아침 차리기 외에도 너무 많았다. 그래서 완료되지 못하는 임무도 많았다. 다온이 엄마에게 불평하는 일은 없었다. 다온에겐 아침에 혼자 일어나 세수를 하는 일이, 학교에 입고 갈 옷을 직접 고르는 일이, 문단속을 하거나 정해진 요일에 잊지 않고 쓰레기를 내놓는 일이 당연했다. 하지만 아빠와 재혼 후, 엄마는 매일 아침을 차렸다. 처음에는 서툴렀지만 한두 가지의 반찬을 직접 만들고 매일 다른 국을 끓이는 것에 노력을 기울였다. 아침을 먹지 않는 어린이에서 아침을 먹는 어린이가 된 것은 인생의 전환이었다. 엄마의 결혼이란 다온에게 그런 변화였다.

"찰떡이가 좀 작대."

"그렇게 많이 먹는데도?"

진수성찬인 식사를 마치고, 엄마는 다희가 사 온 빵과 딸기를 후식으로 내놓았다. 아빠는 끊임없이 음식을 씹고 있는 다희를 신기하게 쳐다보며 말했다.

"어렸을 때부터 입이 짧아 걱정이었는데."

"잘 먹으니 좋지. 예쁜 것만 먹어, 새빨간 것만."

엄마는 다희의 앞으로 딸기를 밀었다.

"원래 그때쯤 애기들은 다 다르게 크는 거니까 걱정 마. 잘 먹으면 쑥쑥 클 거야."

"맞아요. 의사 선생님도 그러더라고요. 아, 근데 옷은 파란색 준비하래요."

다온은 의례적인 대화를 흘려들으며 제법 큰 딸기를 한입에 넣고 우물거렸다. 엄마와 아빠는 자못 놀란 얼굴이었다.

"당연히 딸일 줄 알았는데. 태몽이 복숭아라."

놀란 다온이 딸기가 목에 걸린 듯 기침을 쏟아냈다. 엄마는 깜짝 놀라 다온의 등을 두드리고 다희가 물을 따라 건넸다.

"괜찮아? 천천히 먹어."

잔기침이 여전히 터져 나오고 얼굴이 새빨개지는 게 느껴질 만큼 화끈거렸다. 다온은 다희가 준 물을 단숨에 마셔 버렸다.

"천천히 먹으라니까. 아무튼, 예쁜 애가 나오려나 보다. 옛날에도 복숭아 태몽 꾼 남자애들은 다 예뻤어. 동생이 여자애인 경우도 많았고."

엄마의 말에 다희가 미소 지었다. 다온은 순간 머리가 핑 도는 것만 같았다.

"들어가려고?"

다온이 일어나자 엄마가 물었다.

"수행평가 아직 못 해서."

"얘가 정말. 언니 오기 전에 해 놓으면 좀 좋니. 하루 종일 뭐 하다가……. 쟤가 요즘 사춘긴가 봐."

엄마의 말에 다온은 순간 울컥했지만 반박할 수 없었다. 엄마의 말대로 오늘 하루 종일 한 건 생각뿐이었으니 엄마에게 꺼내어 보여 줄 수도 없었다.

"괜찮아요. 저희도 내일 아침 일찍 갈 데가 있어서 금방 갈 거예요. 다온아, 얼른 들어가서 숙제해."

다희가 웃으며 말했다. 다희의 얼굴은 강원도 여행 때보다 더 맑았다. 언니의 매일이 행복으로 가득 찬 것 같았다. 다온은 왠지 언니의 얼굴을 쳐다볼 수 없었다.

"저 녀석이 대답도 안 하고."

"됐어. 숙제해야 한다잖아."

"너무 오냐오냐하지 말아요. 잘못하면 혼도 나고 해야지."

방문 뒤로 엄마와 아빠의 말소리가 들렸다. 다온이 빠진 식탁에는 여전히 이야깃거리가 있다. 겨우 5센티미터의 얇은 문이 안과 밖을 완전히 차단시킨다.

아빠는 다온의 방문을 넘지 못했다. 그건 무언의 약속이었다.

함부로 침범하지 마.

줄곧 다온이 마음속으로 읊조리던 말이었다. 아빠와는 가까워지고 싶지 않았지만 언니와는 친자매처럼 굴고 싶었다. 다온에게 다희는 처음부터 멋진 사람이었다. 아닌 척했지만 외로웠던 다온에게 어느 날 짠 하고 나타난 스물다섯 살의 언니는 무척 빛나 보였다. 다희는 친절했고 곧잘 웃어 주었다. 하지만 거기까지였다. 다희는 다온에게 시간을 쓰지 않았다. 만나면 웃고 즐거웠지만 만나지 않는 날이 훨씬 많았다. 가까워지고 싶었지만 어떻게 해야 하는지 몰랐다. 언니는 너무 멀리 있는 사람이었다.

그러니 다온이 다희와 가까워진 건 기적처럼 느껴졌다. 비록 거짓말이 일으킨 기적이었지만 다희와 함께 하는 모든 순간이 다온에게는 소중했다. 다온만 모른 체하면 아무 문제 없을 일이었다. 하지만 가슴이 너무 울렁거렸다. 언니를 위한 일이라는 생각과 언니를 기만하는 일이라는 생각이 끝과 끝에서 다온을 잡아당겼다. 언니의 마음과 나의 마음을 함께 지킬 수 있는 방법이 있을까. 소란한 이 마음을 잠재울 수 있는 방법이 있을까.

다온은 '거짓말 무덤'에 들어갔다.

거짓말 무덤

'참여하기'를 누르자 닉네임 설정 창이 떴다. 다온은 닉네임을 '복숭아'로 설정하고 채팅방에 들어갔다.

> '복숭아'님이 입장했습니다.

> **캡사이신** 새로운 사람이다!

> **쿠쿠** 마지막 멤버네. 이제 더 안 받는 거지?

채팅방엔 다온을 포함해서 총 다섯 명이 있었다. '캡사이신', '쿠쿠', '웬디' 그리고 방장인 '장'까지.

장 응. 다섯 명까지만 받으려고 했어. 새로운 멤버 복숭아야, 반가워. 거짓말 무덤에 온 걸 환영해. 난 거짓말 무덤의 모임 장인 장이라고 해.

다온은 '장'의 환영에 어떤 대답을 해야 할지 갈피가 잡히지 않았다. 이 이상하고 전혀 믿음직스럽지 못한 공간에서 어떤 말이 좋은 첫인사가 될까.

캡사이신 ㅋㅋㅋ당황했나 봐.

쿠쿠 처음 들어오면 그럴 수 있지. 우리도 처음엔 그랬잖아. 복숭아야, 초대장을 발견한 거지?

복숭아 응.

채팅방 사람들은 서로 거리낌 없어 보였다.

복숭아 그런데 너희는 다 아는 사이야?

장 아니. 여기선 서로에 대해 물어도 안 되고, 먼저 자기 신상에 대해 말해서도 안 돼.

복숭아 그럼 뭘 하는데?

장 초대장을 받았으니 알겠지만, 여긴 각자가 하는 거짓말을 털어놓는 공간이야. 어떤 거짓말이라도 상관없어. 그게 누구를 해치는 것처럼 나쁜 일이래도 여기선 비난받지 않을 거야. 그저 혼자 간직하기 버거운 거짓말을 나누는 거야. 서로 누구인지 모르니까 소문날 걱정은 안 해도 돼.

다온은 '장'의 말에 어떤 답도 보낼 수 없었다. 서로를 모른다는 말도, 어떤 거짓말도 비난하지 않을 거라는 말도, 소문이 나지 않을 거라는 말도 선뜻 믿을 수 없었다.

장 걱정되는 게 뭔지 알아. 여기 있는 애들도 처음에 그랬어.

다온이 한동안 답이 없자 '장'이 덧붙였다.

쿠쿠 맞아. 처음엔 말도 안 된다고 생각했지. 근데 지금은 아주 마음이 편해. 어디 가서 하지 못하는 말을 여기선 할 수 있거든. 네가 멤버가 된다고 하면, 우리 비밀도 말해 줄게.

거짓말 무덤 37

캡사이신 서로를 전혀 모른다는 게 이렇게 편한 건 줄 몰랐어. 우린 같은 중학교에 다닌다는 것 말곤 아는 게 없거든.

장 규칙은 간단해. 누구에게도 말하지 않은 비밀일 것, 개인정보를 말하지 않을 것, 채팅방 안의 일을 바깥으로 퍼트리지 않을 것, 서로에 대해 궁금해하지 않을 것. 지킬 수 없다면 지금 채팅방을 나가도 돼. 나갈래, 계속 있을래?

다온의 가슴이 울렁거렸다. 처음으로 비밀을 털어놓을 생각에 손까지 떨려 오는 것 같았다. 비밀은 언제나 가장 깊은 곳에 있지만 언제든 튀어나올 준비를 하고 있어서 품고 다니기에 너무 피로했다. 비밀을 나눌 수 있다면. '익명'이라는 말은 다온을 용감하게 했다.

복숭아 계속 있을게.

장 좋아. 웬디가 오면 그때 다 같이 자기가 한 거짓말을 고백하기로 하자.

쿠쿠 웬디는 주말에 엄청 바쁘거든. 월요일 저녁에 다시 얘기하면 될 것 같아.

캡사이신 그럼 월요일에 보자!

복숭아 그래.

다온은 괜히 탁상 조명의 스위치를 반복적으로 딸깍거렸다. 내일이면 가슴에 앉은 무거운 돌덩이를 조금은 내려놓을 수 있을지도 모른다. 거짓말 무덤 아이들에게 조언을 구할 수 있을지도 모른다. 하지만 마음 한구석이 끊임없이 불안했다. 익명이 언제까지나 익명일 수 있을까. 익명의 공간에서 때로 나는 내가 아니게 된다. 아니, 어쩌면 어느 때보다 더 나 자신이 된다.

"언니 간대. 나와서 인사해."

엄마가 방문을 슬쩍 열고 말했다.

"더 있다 가지."

"또 올게요. 다온아, 숙제 잘해. 시험 끝나면 쇼핑하러 가자."

다온은 다희의 말에 고개를 끄덕였다. 다희와 재형이 나가자마자 집은 단숨에 고요해졌다. 아빠는 길게 하품을 하곤 방으로 들어갔고, 엄마는 식탁에 놓인 빈 그릇들을 싱크대에 넣었다.

"다온아."

방으로 들어가려던 찰나, 다온이 몸을 돌렸다.

"왜?"

"무슨 고민 있는 건 아니지?"

엄마의 곧은 눈이 다온을 좇았다. 다온은 엄마의 눈을 피하고 싶었지만 피할 수 없었다. 눈을 피하는 건 고민이 있다는 걸 고백하는 것과 다름없었다.

"시험 기간이잖아. 수행평가도 너무 많고……."

"그래. 너무 무리하지는 마. 공부 까짓것, 못해도 돼. 알지?"

엄마의 말에 다온은 조금 웃어 보였다. 다온의 웃음에 엄마도 마음이 놓인 눈치였다. 다온은 방에 들어와 침대에 누웠다. 왠지 천장이 빙글빙글 도는 것 같았다.

엄마는 다온에게 잔소리를 거의 하지 않는다. 어려서부터 다온의 임무는 오로지 건강뿐이었다. 생계를 책임지기 위해 집을 오래 비울 수밖에 없던 엄마는 다온에게 무언가를 바라는 걸 잘못으로 여겼다. 다온을 키우다시피 한 외할머니는 허리가 안 좋은 탓에 늘 고생이었다. 다온은 누군가의 고생을 먹고 자랐다. 엄마의 가장 젊은 날과 할머니의 고통을 먹고 자랐다. 그걸 너무도 잘 알았기에 다온도 무언가를 바라는 것이 잘못처럼 느껴졌다. 한편으론 엄마가 자신에게 좀 더 바랐으면 했다. 열심히 하지 않으면 혼내 주길 바랐다. 여느 집이 그러하듯 자식을 통해 자신의 욕심을 좀 채우길 바랐다. 하지만 엄마는 그러지 않았다. 그게 엄마의 사랑이었지만 다온에게는 와닿지 않았다.

월요일이 순식간에 지나갔다. 수업을 듣는 내내 다온은 저녁이 빨리 오길, 동시에 오지 않길 바랐다. 저녁 6시가 되자 채팅 알람이 울렸다. 거짓말 무덤의 아이들이 하나둘 메시지를 보내기 시작했다.

장 거짓말 무덤의 마지막 멤버가 들어왔어.

웬디 정말이네. 반가워!

쿠쿠 웬디는 이번 주말도 바빴어? 연락이 아예 없던데.

웬디 주말 동안 폰 압수당했어. ㅜ.ㅜ 피곤해 죽겠어.

캡사이신 바쁠 것 같아서 첫인사는 오늘로 미뤘어. 복숭아한테 우리 거짓말도 털어놓아야지.

장 복숭아야, 우리가 먼저 얘기하는 게 좋겠지?

복숭아 그래 주면 고맙지.

다온은 빠르게 올라오는 아이들의 채팅을 하나라도 놓치지 않기 위해 노력했다. 이 모든 게 누군가의 못된 장난이라는 생각을 떨쳐 버리기 어려웠다. 이야기를 듣다가 조금이라도 이상한 낌새가 느껴진다면 곧바로 채팅방을 나가 버릴 작정이었다.

쿠쿠 그럼 나부터 할게. 난 여기에 장 다음으로 들어왔어. 처음에 종이를 발견했을 땐 당연히 장난인 줄 알고 며칠은 서랍 속에 박아 뒀지. 그런데 들어와 보니 진짜였어. 나는 입양아야. 다섯살 때 처음 지금의 부모님을 만났어. 부모님은 아기를 가지려고 몇 년이나 노력했지만 실패하셨대. 그래서 나를 입양했는데, 몇 년 후 아기가 생겼어. 지금 내 동생이지. 나는 어른들이 원하는 대로 그 애와 잘 지내고 있어. 하지만 사실, 나는 그 애가 끔찍하게 싫어. 뒷모습만 보면 확 밀어서 넘어트리고 싶을 만큼. 그래서 나는 매일매일 동생을 사랑한다고 거짓말하는 중이지. 엄마 아빠가 알면 기절할걸? 특히 할머니. 동생이 태어나고부터 날 별로 안 좋아하시거든. 아니다, 처음부터 그랬지.

캡사이신 다음은 나. 나는 사실, 매운 걸 안 좋아해. 근데 엄청 좋아하는 척해.

다온은 '캡사이신'의 말에 눈살을 찌푸렸다. 고작 저런 거짓말이 '쿠쿠'의 거짓말과 견줄 수 있는 건지 의문이었다.

캡사이신 난 아빠가 필리핀 사람이랑 결혼했어. 무려 열다섯 살이나 어린 여자랑! 그 사람은 매운 걸 전혀 먹질 못하거든. 그래서 나는 매운 걸 엄청 좋아한다고 했어. 식탁에 매일 매운 음식이 올라오도록. 같이 밥 먹는 것도 짜증 나 죽겠는데, 그렇게라도 하지 않으면 너무 답답하잖아. 나는 아빠가 이혼했으면 좋겠어. 날 위한다는 건 다 헛소리고 개소리야. 진짜로 날 위했다면 그 사람이랑 결혼하면 안 됐어. 아빠는 이런 내 마음은 몰라. 일부러 숨겼다기보단 나한테 물어보질 않았으니까. 내가 아무 말 안 해도 알아줬으면 좋겠어. 그런 게 아빠 아니겠냐고. 하긴, 내가 매운 걸 안 좋아한다는 사실도 여태 모르는데 뭘 바라겠어.

웬디 나는 어렸을 때부터 예체능을 했는데, 다 그만두고 싶어. 엄마 아빠는 들어간 돈이 얼마냐며 들들 볶는데, 난 이제 내가 잘하는지, 잘할 수 있는지 모르겠거든. 매일매일 울어. 대회 나가기 싫고, 연습도 하기 싫어. 근데 이 악물고 연습하러 가. 얼마 전엔 엄마가 이사도 알아보더라. 나 때문에 작은 집으로 이사 갈지도 몰라. 난 정말 그만두고 싶거든? 근데 아무 말도 못 해. 어렸을 때 내가 고집부려서 시작한 거 아니냐면서 싫은 내색만 해도 난리 나. 그만둔다고 말도 못 하고 끌려다니는 중이야. 정말 피곤해. 피곤해서 죽을 것만 같아.

'웬디'의 메시지엔 피곤함이 덕지덕지 묻어 있는 게 느껴졌다. 한 번도 본 적 없는 아이들이었지만 다온은 왠지 안타까운 마음에 마음 한구석이 시큰거렸다.

장 나는 부모님에게 하는 모든 말이 거짓말이야. 부모님이 시키는 일엔 한 번도 토를 단 적 없어. 그래서 내 마음이 자기들과 같다고 철석같이 믿고 있지. 부모님은 내가 어렸을 때부터 나한테 관심이 하나도 없었어. 일이 너무 바쁘다는 이유로 나 몰라라 했지. 근데 내가 학교에서 몇 번 성적을 좋게 받아 오니까 그제야 관심을 주더라고. 그때부터 부모님이 하라는 대로 다 했어. 나는 부모님이 원하는 대학에 갈 생각이야. 그리고 자퇴한 뒤에 멀리 여행 가 버릴 거야. 가능한 만큼 오랫동안 돌아오지 않을 작정이고.

캡사이신 우린 서로의 비밀을 알고 있어. 그래서 솔직하게 내 마음도 털어놓을 수 있지.

쿠쿠 친한 친구한테도 말한 적 없는 비밀이야. 아무리 친해도, 아니, 오히려 친한 사람한테만큼은 말하고 싶지 않은 비밀이지.

웬디 여긴 꼭 답장이 오는 일기장 같아. 어렸을 땐 매일 일기를 썼었거든? 좋은 일이든 나쁜 일이든 전부 기록했어. 다 기억하고 싶었으니까. 근데 어느 날 엄마가 몰래 내 일기장을 보고 있는 거야. 그때부터 일기를 쓰지 않았어. 그런데 거짓말 무덤은 들킬 일도 없고, 답장도 해 주니까 일기장보다 훨씬 좋아.

장 자, 이제 네 얘기를 해 줘. 물론 지금 거짓말 무덤을 나가도 좋아. 어차피 우린 톡방 밖에선 전혀 모르는 사이이니까.

'장'의 말에 다온은 괜히 입술을 만졌다. 거짓말을 하는 것도, 거짓말을 털어놓는 것도 쉽지 않았다. 하지만 마음 깊은 곳에서 어서 고백하라고 아우성쳤다. 혼자 안고 있다가는 결국 터져 버리고 말 테니까. 어쩌면 채팅으로 하는 고백이 말로 하는 것보다 쉬울 것이다.

복숭아 내 거짓말은…….

복숭아

다온은 오랜만에 알람이 울리기도 전에 눈을 떴다. 어젯밤엔 악몽을 꾸지 않았다. 개운한 상태로 잠에서 깼다.

꽁꽁 숨기던 비밀을 꺼내 버렸다. 이름도 얼굴도 모르는 아이들에게 가장 숨기고 싶은 이야기를 해 버리고 말았다. 하지만 다온은 예상했던 것보다 훨씬 더 마음이 가벼워졌다. 거짓말 무덤의 아이들은 다온의 목소리에 귀 기울였다. 누군가에겐 별것 아니고 유난스럽다고 여겨질 수도 있는 다온의 고민을 이해하고 공감해 주었다. 괜찮아, 라는 한마디가 그렇게 따뜻한 것인지 몰랐다.

다온에게는 늘 그런 말들이 필요했다. 그런 말을 듣고 싶어서 일부로 모난 말을 하기도 했다.

엄마 때문에 행복하지 않아.

다온이 아주 어렸을 땐 진심을 말하는 게 지는 거라고 생각했다. 엄마를 미워한다고 해야 엄마가 자신을 더 사랑해 줄 거라고 생각했다. 드라마처럼 그 오해가 서로의 마음에 대한 이해와 극적인 화해로 이어질 거라고. 그러면 엄마는 자신을 더 아끼게 될 것이고 엄마와 자신의 관계는 더 끈끈해질 거라고. 하지만 실패였다. 다온의 거짓말은 엄마에게 진실이 되어 엄마를 불행하게 했다. 원했던 것과 전혀 다른 결과에 다온은 당혹스러웠다. 모두가 행복해지는 방법을 그때의 다온은 알지 못했다.

다온은 오랜만에 평화로운 하루를 보내는 듯했다. 오전 수업 내내 한 번도 졸지 않았고 시험 범위 확인도 제대로 했다. 벌써 다음 주면 중간고사였다. 1학년 때는 나름 괜찮은 성적을 받았지만 이번엔 자신이 없었다. 수업 시간에 제대로 집중한 적이 없던 탓이었다.

새 학기는 언제나 정신없이 시작된다. '새 것'이라는 말은 언제나 덜컹거린다. 새 학기, 새 운동화, 새 친구, 그리고 새아빠. 1학년 때 나름 친하게 지냈던 친구들은 이미 각자의 반에서 새 친구를 사귀었고, 반에서 새로 사귄 친구와 함께 점심을 먹었지만 집까지 같이 가는 건 아니었다. 다온은 가끔 혼자가 되는 순간마다 외롭다고 느꼈지만 이젠 괜찮을 것 같았다. 거짓말 무덤이, 아무것도 증명되지 않은 그 유령 같은 모임이 다온을 위로했다.

다온이 터득한 강해지는 법, 정확히는 강해 보이는 법은 모든 문제를 제삼자처럼 의연하게 대하는 것이었다. 그리 어렵지 않았다. 엄마는 다온이 태평하다고 했고, 친구들은 용감하다고 했다. 하지만 다온은 태평하지도 용감하지도 않았다. 아빠를 처음 만났을 때도 그랬다. 다온은 딸이 아빠를 대하는 방법을 전혀 알지 못했다. 다온에게 아빠는 뜻밖의 선물, 잘못 뽑은 뽑기, 순위에 없는 경품 같은 존재였다. 처음에는 그저 엄마처럼 대하면 될 거라고 생각했다. 하지만 평생을 함께한 엄마와 어느 날 갑자기 나타난 아빠가 같을 수 없었다. 다온은 길을 지나다 우연히 만난 엄마의 친구를 대하듯 아빠를 대했다. 적당히 예의 발랐고 적당한 거리에서만 눈빛과 말을 주고받았다. 다온과 아빠 사이엔 벽이 있었다. 언제든 모퉁이만 돌면 서로 잊어버릴 얼굴이라고 생각했다.

중간고사가 코앞으로 다가왔다. 거짓말 무덤은 매일 활성화되진 않았지만 이따금 자신의 상황을 한탄하는 글이 올라왔다.

쿠쿠 할머니가 팔을 다치셔서 우리 집에 머물게 됐어. 진짜 돌아 버릴 것 같아.

캡사이신 그래도 부모님 계실 땐 뭐라 안 하신다고 하지 않았어?

쿠쿠 그게 더 짜증나. 완전 이중인격자라니까? 팔은 왜 다치셔 가지고…….

복숭아 언제까지 계시는데?

쿠쿠 모르겠어. 왠지 오래 계실 것 같아. 동생이 아직 어려서 할머니가 계시면 편하긴 하거든. 부모님은 일하시니까.

장 쿠쿠가 동생 안 봐도 돼서 좋은 거 아니야?

쿠쿠 그렇긴 한데, 뭔가 둘이 편먹는 것 같아서 별로야. 동생도 예전엔 안 그랬는데 요즘 부쩍 고집이 세졌어.

웬디 할머니가 너무 오냐오냐해서 그런가 보다. 내 사촌 동생도 그래서 진짜 싸가지 없어.

캡사이신 ㅋㅋㅋㅋㅋ

쿠쿠 엄마 아빠도 문제가 있다고 생각하는 것 같은데 할머니가 너무 완강하게 동생 편이라 꼼짝 못 해서.

'쿠쿠'의 한숨 소리가 휴대폰 밖으로까지 새어 나오는 것 같았다. 다온은 '쿠쿠'의 동생이 어떤 아이일지 쉽게 상상이 됐다. 가지고 싶은 걸 손에 쥘 때까지 바닥을 구를 수 있는 아이. 그건 '쿠쿠'도, 다온도 될 수 없는 아이였다. 떼를 쓰는 건 미움받지 않을 거란 확신에서 비롯된다. 내가 바닥에 누워서 꼼짝하지 않아도 나를 두고 가지 않을 거란 확신에서 나오는 행동인 것이다. 다온은 장난이라도 그런 짓을 한 적이 없다. 늘 바빴던 엄마가 혹시라도 자신을 깜빡할까 봐, 데면데면한 아빠가 자신을 생각조차 하지 못하고 가 버릴까 봐 언제나 종종걸음으로 뒤를 쫓았다. 앞서 나갈 용기는 없었다.

웬디 그나저나 벌써 중간고사네. 다들 공부 좀 했어?

쿠쿠 완전 망했어. 복숭아는 어때?

복숭아 나도 이번엔 공부 많이 못 했어. 머리가 복잡해서.

쿠쿠 오, 그럼 전에는 좀 했다는 소리?

복숭아 ㅋㅋㅋㅋ 말이 그렇게 되나. 장은 어때?

장 평소처럼 했어.

캡사이신 왠지 장이는 공부 엄청 잘할 것 같아.

장 노력은 하고 있어. 어렵긴 하지만. 다들 시험 잘 봐.

　다온은 휴대폰을 내려놓고 교과서를 폈다. 벌써 9시였지만 피곤하지 않았다. 거짓말 무덤에 들어간 이후론 잠을 잘 잤다. 아이들은 각자의 거짓말에 대해 왈가왈부하지 않았다. 다온은 자신의 거짓말이 불행이 되어 돌아온다는 생각에서 완전히 자유로워지진 못했지만 그런 상상을 덜 하게 됐다. 다온에게도 위로가 되는 세계가 생겼다.

　어릴 때부터 다온의 세계는 엄마가 전부였다. 외할머니도, 외할아버지도 좋은 분들이었지만 엄마만큼 큰 존재가 되어 주진 못했다. 다온은 영원히 엄마가 자신의 세계일 수 없다는 걸 알았다. 엄마도 다온이 자신 없이도 잘 먹고, 잘 놀고, 잘 자길 바랐다. 그래도 누군가와 엄마의 관심을 나누게 된 건 갑작스럽고 당황스러운 일이었다. 한때는 엄마의 세계도 다온이 전부였는데, 엄마의 세계가 더 넓어지는 것을 좋아해야 할지 아쉬워해야 할지 헷갈렸다. 당연한 것들이 당연하지 않게 된 상황 속에서 다온은 성장해야 했다. 억지로라도 성숙해야 했다. 다온이 커 갈수록 엄마는 안심했다. 다온이 잘 자라고 있음을 의심하지 않았다. 다온은 그런 믿음이 좋으면서도 싫었다. 잘 크고 있다고 확인시켜 주고 싶다가도 모든 걸 엉망으로 만들어 버리고 싶었다. 그럴 때마다 다희의 존재가 다온을 다독였다. 다희와 마음을 터놓고 지낸 것은 아니었지만, 자신과 같은 사람이 한 명 더 있다는 것, 그런 세계가 하나 더 존재한다는 것 자체만으로 다온은 견딜 수 있었다.

다희의 아이는 예쁠 것이다. 손도 발도 아주 작지만 언젠간 커져서 무엇이든 잡고, 마구 차 버릴 것이다. 언젠간 다온을 이모, 라고 부를 것이다. 엄마는 거짓말이 가장 큰 죄라고 했다. 모든 거짓말은 불행의 씨앗이라고. 그건 엄마의 경험이었고 어느새 신앙이 되어 버렸다. 거짓말을 한 사람은 반드시 벌을 받게 된다. 다온 또한 그 말을 믿고 또 겪었기에 불안은 점점 덩치를 키웠다. 지금은 다만 그 벌이 애꿎은 언니가 아닌 자신에게 오길 바랄 뿐이었다.

중간고사는 번갯불에 콩 볶아 먹듯 빠르게 끝나 버렸다. 과목 하나하나를 해치울 때마다 새로운 과목을 머릿속에 욱여넣느라 정신이 없었다. 국어가 끝나면 영어, 영어가 끝나면 과학⋯⋯. 쉴 틈 없이 다음 시험을 준비했다. 드디어 마지막 날, 다온은 머릿속에 든 모든 것을 쏟아붓고 나서야 눌러 온 피곤이 밀려왔다. 중간고사가 끝나는 날 다희와 쇼핑하러 가기로 했는데, 눈꺼풀이 무거워 큰일이었다. 다온은 약속을 미루고 싶었지만 다희가 오늘 놀러 가는 걸 몇 번이나 강조했던 바람에 정신을 차리려고 노력했다. 집에 들러서 샤워라도 해야겠다는 생각을 하던 찰나, 다희에게서 전화가 왔다.

"언니, 나 지금 학교 끝났어."

"다온아."

재형의 목소리였다. 다온은 순간 심장이 발끝까지 떨어지는 것 같았다. 재형의 목소리가 평소와 달랐다. 사방이 고요했고 목소리가 조금 울리는 것 같았다. 다온은 직감적으로 재형이 병원에 있음을 알아챘다. 입술이 떨렸고 귀에서 삐— 하는 이명이 들렸다. 귓속이 수축하듯 밀려드는 느낌에 다온은 눈살을 찌푸렸다.

"언니가 오늘은 못 볼 것 같다고 다음에 보자고 하네."

"왜요?"

불길한 예감에 다온은 재형의 대답을 예상하지 않으려 애썼다.

"지금 병원이야. 언니 몸이 안 좋아서 입원했어. 심각한 건 아니니까 걱정하지 말고."

"저 가도 돼요?"

"그래 주면 너무 고맙지."

다온은 전화를 끊고 바로 버스를 탔다. 병원으로 가는 내내 다리가 떨렸다. 의자에 앉아 있는데도 자꾸만 넘어질 것 같았다. 아기가 잘못되진 않았을 것이다. 그래야만 한다. 혹시 거짓말의 대가가 이렇게 시작되고 있는 건 아닐까. 거짓말을 한 주제에 속 편히 잠들어서 벌을 받나. 극단적으로 치닫는 상상에 다온은 머리가 터질 것만 같았다. 아이가 건강히 태어나 세상의 빛을 보는 것. 그 조그맣고 뜨거운 생명을 품에 안는 것. 그것만이 지금의 언니가 바라는 전부였고 다온이 가장 간절히 바라는 일이었다.

오랫동안 다온에게 가족이란 엄마와 자신이었다. 아빠라는 존재가 있어야 태어날 수 있다는 사실조차 몰랐던 어린 시절을 지나, 점차 다온은 자신이 남들과 다르다는 걸 알아챘다. 다른 아이들에겐 목마를 태워 주는 아빠가, 체육대회에서 앞다투어 달리는 아빠가, 당연하다는 듯 등 뒤에 서 있는 아빠가 있었다.

다온이 아빠를 바란 것은 아니었다. 그저 다른 사람들과 다르다는 감각이 이상하게 느껴졌다. 다온의 가족은 엄마와 둘이서도 완전했다. 그래서 더 겁이 났다. 엄마가 자신을 두고 멀리 가 버릴까 봐. 정말로 혼자가 되어 버릴 수도 있다는 공포였다. 새 가족이 생겼을 때도 다온은 남들 보기에 평범하고 그럴듯해진 가족의 모습에 자신이 잘 어우러지지 못할까 봐 전전긍긍했다. 그래서 의연해 보이는 다희를 자꾸만 곁눈질했다. 누군가 자신의 복잡한 두려움을 이해할 수 있다면 그건 다희가 아닐까 생각했다. 그런 언니가 불행해지거나 자신을 멀리하게 되는 건 상상만으로도 숨이 막혔다. 다온은 불안한 마음을 안고 갈팡질팡했다.

다희는 1인실에 있었다. 병실 문을 열고 들어가자마자 창백한 얼굴의 다희가 손을 흔들었다.

"왔어?"

다희가 희미하게 웃었다. 입술이 말라 금방이라도 갈라져 피가 날 것 같았다.

"얼른 가. 다온이 왔으니까 괜찮아."

재형은 다희의 손을 꽉 잡았다가 놓았다. 다희는 괜찮다는 듯 천천히 눈을 감았다 떴다.

"다온아, 내가 회사에 할 일이 남아서 가 봐야 해. 금방 끝내고 올 테니까 다희랑 같이 있어 줄래?"

"걱정 마세요."

재형은 차마 발걸음이 떨어지지 않는 듯 느릿느릿 병실을 벗어 났다.

"드디어 갔네. 별일 아니라니까."

"별일 아닌데 왜 입원까지 해."

다온은 소파에 가방을 내려놓고 다희 곁에 앉았다.

"빈혈이 심해져서 입원한 거야. 조금 더 있다가 휴직하려고 했는데, 퇴원하면 바로 휴직 신청하려고. 걱정했지?"

"당연하지. 나는 혹시라도……."

다온은 급히 말을 멈추고 고개를 숙였다. 입 밖으로 꺼내면 안 되는 말이었다. 언니가 결코 들어서는 안 되는.

"쇼핑 가서 옷 잔뜩 사 주려고 했는데 아쉽다. 시험은 잘 봤어?"

"지금 내 시험이 중요해?"

"중요하지. 좀 있음 고등학생이잖아. 처음 만났을 땐 완전 꼬맹이였는데."

둘은 잠시 아무 말도 하지 않았다. 다희와 다온은 서로의 처음을 기억하는 자매였다. 선명한 기억은 때론 상처가 되었다.

"……태몽 이야기 해 줄래?"

다희의 목소리가 갈라졌다. 다온은 다희가 어떤 불안을 가라앉히고 싶은지 잘 알았다. 그러니 설령 거짓이래도 다희에게 필요한 위로를 할 수밖에 없다.

"날씨가 엄청 좋은 날, 그러니까 하늘이 엄청 파랗고 높은 날에 언니가 울창한 숲길을 따라 걷고 있었는데……."

다희는 슬며시 눈을 감고 배 위에 손을 올렸다. 이야기는 한 편의 소설처럼 다희를 위로했다.

다온은 아빠에게 환영한다고 말하지 않았다. 아빠를 진짜 아빠로 생각한다고 말하지 않았다. 그런 거짓말은 아슬아슬하게나마 유지하고 있는 가족 관계를 오히려 망가트릴 것만 같았다.

거짓말이 지속되면 결국 거짓말에게 잡아먹히게 된단다.

친아빠라는 사람은 지독한 거짓말쟁이였다고 한다. 엄마는 자세히 이야기해 주지 않았지만 다온은 어렸을 때부터 주위들은 이야기가 많았다. 아직 어려서, 이해하지 못할 거라고 생각해서 어른들은 무방비하게 입을 열었다. 당시에는 알아듣지 못했던 말들도 기억에 남아 종종 떠올랐다. 그 사람은 엄마를 속였고 거짓말을 거짓말로 덮는 사람이라고 했다. 바람, 사채, 주식 등 잘 알지도 못하는 단어들이 다온의 귓가에, 머릿속에 오래도록 맴돌았다.

갑갑한 마음에 다온은 거짓말 무덤을 찾았다.

복숭아 언니가 입원했어.

캡사이신 헉, 무슨 일 때문에?

쿠쿠 어디 안 좋으셔?

복숭아 빈혈 때문에. 아기는 괜찮지만 며칠 쉬어야 한대. 퇴원하고 바로 휴직할 거래.

장 엄청 놀랐겠다.

복숭아 맞아…… 솔직히 아기 잘못된 줄 알고 엄청 놀랐어. 언니랑 아기가 무사한 건 너무 다행이지만, 내가 계속 거짓말을 해도 되는 건지 의문이야.

장 왜?

복숭아 나는 거짓말을 하면 꼭 나쁜 일이 생겨. 작은 거짓말도 그랬어. 그저 우연이면 좋겠지만 번번이 그랬으니까 걱정돼.

장   그래도 너는 언니를 위해 거짓말을 한 거잖아. 한마디로 착한 거짓말.

복숭아   솔직히…… 난 언니를 위해서만 거짓말을 한 게 아니야. 내가 태몽을 꿨다고 하면 언니가 날 더 좋아해 줄 걸 내심 알았어. 그전까지 언니는 나를 싫어하진 않았지만 좋아한 것도 아니었거든.

캡사이신   근데 꿈 안 꾼 거 말하면 언니가 또 불안해할 거라고 했잖아. 심지어 지금은 병원에 계시고.

복숭아   그게 제일 걱정이긴 해. 하지만 아기가 잘 크고 있고, 안정기도 지났어. 이 정도면 솔직하게 말해도 되지 않을까 싶기도 해. 내가 너무 힘들어…… 이젠 정말 안 좋은 일이 생길 것만 같아.

쿠쿠   기분 탓일 거야. 우리가 인지하지 못하는 거짓말이 몇백 개는 될걸? 농담 같은 거.

복숭아   그런 거랑은 달라. 계속 불안해.

쿠쿠 그래도 좋은 게 좋은 거라고, 언니한테 말할 필요는 없지 않을까? 결론적으로 언니는 복숭아가 한 거짓말 덕에 마음이 편해졌다고 했잖아. 언니가 계속 모르기만 하면 되는 거 아냐? 네가 말하지 않으면 언니는 평생 모를 텐데.

캡사이신 복숭아의 마음이 불편하고 불안해서 그런 것 같아. 만에 하나, 정말 만에 하나 아기가 잘못되면 얼마나 마음이 안 좋겠어. 좋은 거짓말이래도 결국은 거짓말이잖아.

쿠쿠 언니를 위한 거짓말인데도?

캡사이신 그래도 거짓말이니까 복숭아가 힘들어하는 거지. 언니에게 솔직하게 사과하고 더 조심하면 되지 않을까?

모두가 다온의 머릿속을 들여다보기라도 한 것 같았다. 이곳에선 무엇도 잘못인 것 같지 않다. 누군가는 다온의 고민이 별일도 아니라며 코웃음 칠지도 모른다. 하지만 거짓말 무덤 속 아이들은 다온의 이야기를 하나라도 흘려듣지 않는다. 이런 이야기를 털어놓는다는 건 불과 며칠 전까지만 해도 상상도 할 수 없는 일이었다. 자신에게도 친구가 생긴 것 같은 기분이 들었다. 얼굴도, 나이도, 이름도 모르지만 어쩌면 다온에 대해 가장 많이 알고 있을 아이들이었다.

장 들키지만 않으면 되지.

캡사이신 들키지 않을 수 있을까? 복숭아는 자기가 한 거짓말 때문에 힘들어하고 있어.

장 아무리 언니를 위해 한 거짓말이래도 결국 언니에겐 큰 상처가 될 거야. 또 다시 태몽 없는 아이를 가졌다는 불안감에 유산될지도 모르지.

쿠쿠 야야, 그런 말은 하지 말자.

장 그럴 수도 있다는 가정이야. 우리에겐 무슨 일이든 일어날 수 있는 거잖아. 복숭아의 마음도 이해 가. 거짓말을 하면 불행해진다는 생각도……. 어쩌면 그건 죄책감 때문일 거야. 거짓말을 하면 안 된다는 생각이 강하니까 우연히 겹친 일도 거짓말 때문이라고 생각하게 되는 거지. 하지만 무엇이 언니를 더 위하는 길일지 생각해 봐.

다온은 다희의 마른 입술이 떠올랐다. 금방이라도 부르틀 것 같은 입술은 다희의 불안한 마음을 그대로 보여 주고 있었다. 만약 다희에게 진실을 말한다면 어떻게 될까. 다온의 마음은 편해질 것이다. 나쁜 일이 생길 거라는 불안으로부터 해방될 것이다. 무슨 문제가 생기더라도 자신의 거짓말 때문이라는 생각으로부터 자유로워질 것이다. 하지만 다희는 어떨까. 아무리 태몽이 문제가 아니라고 이야기해도 다희에겐 전과 다름없는 불안감이 파도가 되어 덮쳐 올 것이다.

> **장** 마음은 힘들겠지만 언니를 위해선 계속 거짓말하는 게 나을 것 같아.

> **쿠쿠** 나도 그래. 복숭아만 아무 말도 하지 않는다면 들킬 일도 없고.

> **복숭아** 그래도 되는 걸까?

> **장** 당연하지.

다온의 마음은 더 복잡해졌지만 그래도 거짓말을 털어놓는 건 보류하기로 했다. 만약 거짓말을 고백하더라도 다희가 병원에 있는 지금은 아니어야 했다.

다온은 엄마를 따라 수요 예배에 참석했다. 엄마는 무슨 바람이 냐며 치근덕거렸지만 다온은 목사님의 설교에 집중하지 못했다. 아멘 하고 대답도 하지 못했다. 그저 신이 자신의 기도를 들어주 길 바랐다. 진짜로 태몽을 꿀 수 있게 해 달라고 기도했다. 자신의 거짓말이 진실이 될 수 있게. 둥둥 떠다니는 유령 같은 게 아니라 탐스럽고 예쁜 복숭아가 나오는 꿈을 꾸게 해 달라고. 하지만 교 회엔 사람이 너무 많았다. 순번을 뽑았어도 맨 뒤 차례일 것이다.

엄마는 왜 교회에 다니는 걸까. 엄마는 무슨 기도를 하는 걸까. 다온은 여름 성경 학교니, 캠프니 하는 것들에 혹했을 뿐이었다. 신앙심이라곤 1그램도 없었다. 그저 노는 게 좋았고 심심하지 않 으면 그만이었다. 하지만 엄마에겐 여름 성경 학교도, 캠프도 없 었다. 엄마는 목사님의 설교에도 잘 집중하고 기도 시간에도 성 실히 눈을 감는다.

엄마의 기도는 어떤 것이었을까. 엄마의 기도엔 아빠가 있었을 까? 엄마에게 두 번째 결혼식은 무슨 의미였을까. 분명한 것은 결 코 엄마와 자신의 기도는 같지 않았을 것이라고 다온은 생각했다.

쿠쿠, 웬디, 캡사이신, 장

쿠쿠

학교가 일찍 끝나는 날엔 5교시부터 현지가 떡볶이를 먹으러 가자고 조른다. 그럴 때마다 '쿠쿠'의 대답은 언제나 "가고 싶지만……."이었다. '쿠쿠'는 동생 성빈을 데리러 가야 했다. 아직 유치원생인 성빈은 혼자 집을 찾아오지 못했다. 유치원은 집과 아주 가까운 곳에 있었지만 할머니는 성빈에게 혼자 집에 가는 법을 가르쳐 주지 않았다. 성빈을 혼자 다니게 하지 말라고 했다. '쿠쿠'가 어렸을 땐 혼자 잘만 돌아다녔는데.

'쿠쿠'는 성빈이 태어나던 날을 기억한다. 엄마가 동생이 생겼다고 이야기했을 때, 뱃속 아기가 남자애라고 말했을 때, 그때 할머니의 표정, 겨우 꼬물거리기나 했던 성빈이 집에 처음 온 날도 전부. 그날 할머니가 했던 말까지.

피 한 방울 안 섞였는데 동생이라고 마음 갈 리가 없어. 뻐꾸기 새끼 습성이 어디 가겠니.

할머니의 말에 아빠가 불같이 화를 냈던 것을 '쿠쿠'는 똑똑히 기억하고 있다. 그 뒤로 할머니는 뻐꾸기란 말을 사용하지 않았지만 '쿠쿠'는 이미 그 의미를 검색한 후였다. 뻐꾸기는 남의 둥지에 알을 낳고, 부화한 뻐꾸기 새끼는 다른 알을 모조리 밀어내 둥지를 차지한다. '쿠쿠'는 어린 나이였음에도 그 의미를 바로 알았다. 남의 둥지에서 부화한 자신, 밀려나게 될 성빈. '쿠쿠'의 닉네임이 뻐꾸기(cuckoo)가 된 것도 그런 이유에서였다. 두 번 다시 듣고 싶지 않은 말은 때론 영원히 가슴에 각인되고 만다. 성빈은 아주 작고 귀여웠다. 말도 못 하는 아기를 미워할 재간은 없었다. 하지만 할머니가 '쿠쿠'의 마음에 심어 둔 씨앗이 '쿠쿠'를 혼란스럽게 했다. '쿠쿠'는 마음을 더 과장할 수밖에 없었다. 자신이 성빈을 둥지 밖으로 밀어낼 뻐꾸기가 아니란 걸 증명하기 위해 마음을 부풀려 기를 쓰고 성빈을 아꼈다.

걸음마를 떼고 말을 배우던 성빈이 '누나'보다 '할머니'란 말을 더 많이 하기 시작했을 때, '쿠쿠'는 더 이상 성빈이 예쁘지 않았다. 성빈은 고집이 셌고 부모님의 말도 잘 듣지 않았다. 부모님은 성빈의 버릇을 고치려고 애썼지만 항상 할머니의 손길에 원점으로 돌아갔다. 성빈은 유치원에서도 말썽꾸러기였다. 친구의 물건을 곧잘 빼앗았다. 집에서 누나의 것을 자기 것처럼 가지는 게 당연했던 성빈은 무엇이 잘못인지 이해하지 못했다. 할머니는 성빈의 손에 모든 걸 쥐여 줬다. 사탕, 장난감, 맛있는 음식과 정성, 절대적인 사랑.

"우리 할머니도 그래. 나보다 오빠를 좋아하는 게 눈에 보여. 아빠가 그랬는데, 할머니는 옛날 사람이라 그렇대. 근데 그걸 내가 이해할 필요는 없어. 할머니가 널 좋아하지 않으면 너도 할머니를 좋아하지 마. 할머니도 그 정돈 각오하지 않으셨을까?"

'쿠쿠'가 할머니 때문에 스트레스를 받을 때면 현지가 위로했다. 현지는 오빠를 편애하는 할머니에게 애써 사랑받으려 노력하지 않는다고 했다. 현지의 말은 간단하고 설득력 있었다. 하지만 '쿠쿠'에게는 불가능한 일이었다. '쿠쿠'는 할머니가 자신을 사랑하지 않는 걸 이해했다. 아빠와 하나도 닮지 않은 자신을, 어느 날 갑자기 손녀가 된 자신을, 피 한 방울 섞이지도 사근사근하지도 않은 자신을 사랑하지 않는 건 당연한 일이라고. 그러니까 할머니가 성빈만 좋아하는 걸 잘못됐다고 할 수 없다고. 자신은 그러면 안 되는 거라고 생각했다.

"성빈이 데리러 왔어요."

유치원 선생님은 '쿠쿠'에게 익숙하게 눈인사를 건네더니 곧바로 성빈을 데리고 나왔다.

"누나!"

성빈이 신발을 멋대로 욱여 신고 뛰어와 안겼다.

"신발 제대로 신어야지."

'쿠쿠'는 쭈그려 앉아 성빈의 신발을 제대로 신겨 주었다.

"누나가 매일 고생이네. 친구들이랑 놀지도 못하고."

선생님이 웃으며 말했다. 선생님은 '쿠쿠'를 볼 때마다 매일 성빈을 데리러 오는 게 무척 대단한 일인 것처럼 칭찬했다. 그럴 때마다 '쿠쿠'의 마음 한구석이 불편해졌지만 동생을 아끼는 누나로 비춰지는 게 싫진 않았다.

"당연한 일인데요, 뭘."

당연한 일. 성빈을 위해 자신의 시간을 포기하는 건 '쿠쿠'에겐 언제나 당연한 일이었다. '쿠쿠'는 성빈의 손을 잡고 유치원에서 멀어졌다.

얼마 전, 할머니의 생신이라 '쿠쿠'네 가족들이 다 함께 저녁 식사를 했다. 부산에 사는 막내 작은아빠네까지 참석한 터라 할머니의 기분이 평소보다 좋았다.

"키가 더 큰 것 같네? 중학교 생활은 어때?"

"벌써 2학년인걸요. 잘 지내고 있어요."

"한창 좋을 때네. 친구들이랑 자주 놀러 다녀. 이걸로 맛있는 것도 사 먹고."

막내 작은아빠가 용돈을 꺼내 '쿠쿠'의 손에 쥐여 주었다.

"아이고, 안 주셔도 되는데……. 딸, 감사합니다, 해야지."

"감사합니다. 잘 쓸게요."

'쿠쿠'는 괜히 어색한 기분이 들어 얼굴이 붉어졌다. '쿠쿠'가 용돈을 받는 모습을 보며 엄마는 내심 기쁜 듯 미소를 지어 보였다.

"삼촌, 나는?"

성빈이 눈을 반짝거리며 물었다.

"꼬맹이, 너는 쓸 데도 없잖아. 중학생 정도는 되어야 용돈 받는 거야."

"그런 게 어디 있어! 성빈이는!"

성빈이 포크를 접시에 내려치는 바람에 큰 소리가 났다. 깜짝 놀란 엄마가 성빈에게서 포크를 빼앗자 성빈이 악을 쓰며 울기 시작했다. 할머니는 성빈을 안아 들곤 등을 쓸어내리며 달랬다. 하지만 그럴수록 성빈의 울음은 더 커지기만 했다.

"빨리 성빈이도 줘."

"유치원생이 용돈이 뭐가 필요해. 그리고 현금도 더 없어요."

작은아빠의 말에 성빈은 더 큰 소리로 울기 시작했고 엄마 아빠는 안절부절못했다. 작은아빠는 점점 커지는 성빈의 울음소리에 놀란 듯 입이 벌어졌다. 할머니는 '쿠쿠'를 향해 다급히 소리쳤다.

"얼른 성빈이한테 줘. 얼른!"

'쿠쿠'는 얼결에 돈을 꺼내 들었다. '쿠쿠'가 머뭇거리는 사이 할머니가 지폐를 잡아채 성빈의 손에 쥐여 주었다. 성빈은 언제

울었냐는 듯 방긋방긋 웃으며 돈을 펼쳐 보았다.

"엄마, 그러지 좀 마요. 성빈이한테 준 게 아니잖아요."

작은아빠가 미간을 좁히며 말했다.

"누나한테 준 거나 성빈이한테 준 거나 마찬가지 아니냐."

할머니는 기분이 좋아진 성빈을 보며 웃었다. 작은아빠는 할 말이 더 있는지 입술을 달싹였지만 불편한 '쿠쿠'의 얼굴을 보곤 입을 열지 않았다. 집으로 돌아간 후, 아빠는 누나에게 돈을 돌려주라고 했지만 성빈은 끝내 그러지 않았다.

"우리 할머니가 준 거야!"

아빠가 곤란한 듯 '쿠쿠'의 표정을 살피자, '쿠쿠'는 선뜻 성빈에게 용돈을 양보하겠다고 말했다. 그렇게 하면 상황이 깔끔해지니까. '쿠쿠'는 양보하는 누나로 남는 게 차라리 편했다. 성빈과 싸우고 싶지 않았다. 애초에 정정당당하게 싸울 수 없다고 생각했기 때문이다. 성빈은 요즘 자주 '우리'라는 말을 썼다. '우리 할머니', '우리 엄마', '우리 아빠', '우리 집'. 성빈은 '우리'라는 말의 의미를 잘 아는 것 같았다. 성빈이 힘주어 '우리'라고 말할 때, '쿠쿠'는 무언가를 잃어버린 기분을 느끼곤 했다.

'쿠쿠'는 '복숭아'가 거짓말 무덤에 들어왔을 때, 내색하진 않았지만 정말 반가웠다. 왠지 '복숭아'의 이야기가 자신과 닮았다고 느꼈기 때문이다. '복숭아'도 '쿠쿠'처럼 전혀 알지 못하는 사람과 가족이 되었으니까. 거짓말 무덤은 요즘 '쿠쿠'의 유일한 안

식처다. '쿠쿠'는 종종 할머니와 함께 사는 집에서 나가 버리고 싶다는 충동에 사로잡혀 버린다. 할머니는 더 이상 '쿠쿠'에게 못된 말을 하지 않지만, 아무 말 없이 쳐다보는 눈빛이 '쿠쿠'에게는 더 고역이었다. 부모님은 '쿠쿠'가 잘 지내는 줄로만 알고 있다. '쿠쿠'에겐 집을 나갈 명분이 없었다. 아니, 용기가 없었다. 부모님이 자신을 찾지 않을까 봐, 성빈이 태어나고 내내 눈엣가시였던 애가 사라졌다고 기뻐할까 봐 두렵다.

성빈이가 태어났으니 이제 완벽한 가족이네.

성빈을 처음 안으며 했던 할머니의 말이 '쿠쿠'의 가슴에 박혔다. 성빈은 매일 울고 '쿠쿠'는 매일 웃었다. '쿠쿠'는 그게 제일 불공평하다고 늘 생각했다.

웬디

'웬디'는 오늘도 새벽 5시에 일어났다. 예술 고등학교 입시에 도움이 되는 발레 콩쿠르가 아직도 세 개나 남았다. 엄마는 어김없이 함부로 '웬디'의 방에 들어와 조명을 켜고 창문을 연다. 새벽의 찬 바람이 예고도 없이 들이닥치면 일어나지 않을 수 없다. 아침은 통밀빵에 과일 조금, 그나마 바로 연습을 가야 해서 챙겨 먹는 게 이 정도다. 굶지 않으면 체중이 계속 늘었다. 성장기에 몸이 자라며 체중이 느는 건 당연했지만 '웬디'와 엄마에게는 초조한 일이었다.

'웬디'의 엄마는 함께 예술 고등학교 입시를 준비하는 영은 엄마의 말을 맹신했다. 영은의 언니가 재작년에 '웬디'의 1지망 예술 고등학교에 입학했기 때문이었다. 발레를 계속할수록 '웬디'와 영은은 나란히 말라 갔다.

처음 발레를 시작한 건 아주 어렸을 때의 일이다. '웬디'가 태어나 처음 본 발레 공연은 「피터 팬」이었다. 어린이극이라 춤과 노래를 비롯해 여러 가지 요소가 합쳐진 공연이었지만 '웬디'의 눈엔 유려하게 움직이는 웬디만 보였다. 웬디의 손끝, 발끝, 네버랜드를 향해 점프하는 힘찬 몸짓에 매료되고 말았다.

엄마, 왜 웬디만 빙글빙글 돌아?

저건 발레란다. 웬디는 발레리나야.

'웬디'는 발레에 대해 더 알고 싶었고 구구단보다 발레를 먼저 배우게 됐다. '웬디'는 선생님의 말을 곧잘 이해했고 다른 아이들보다 유연성이 뛰어났다. 그때 영은을 처음 만났다. 똑같은 관심사에, 매일 함께 학원에 가다 보니 자연스럽게 가장 친한 친구가 됐다. 하지만 그것도 초등학교 때까지만이었다. 수상 실적을 위해 대회에 나가기 시작하고부턴 서로에게 연습 시간을 속여 말했다. 엄마는 그래야 한다고 했다. 영은이 안심하는 것이 도움이 된다고 했다. '웬디'를 친구보다 경쟁 상대로 보기 시작한 건 영은도 마찬가지였다. 둘은 엎치락뒤치락하며 대회에서 상위권 성적을 받았다. 순위가 가까워질수록 사이는 멀어졌다. 엄마는 '웬디'에게 마땅히 그래야 할 일이라고 했다.

학교생활보다 콩쿠르가 우선시되는 것, 먹고 싶은 걸 참는 것, 영은과 멀어지는 것 모두 '마땅한 일'이 되었다. 하지만 이젠 참을 수 없었다. '웬디'에게 발레는 더 이상 즐겁지 않았다. 무대에 오르는 일이 더 이상 설레지 않았다. 전조 증상 없이 구토가 쏟아질 때도 있었다. 엄마는 처음엔 놀랐지만, 금세 무감해졌다. 심상치 않은 속도로 망가지고 있는 '웬디'의 몸도 엄마에겐 좋은 결과를 위해 어쩔 수 없는 것이 됐다. 또래보다 늦은 월경이나 영양 부족 같은 건 엄마에게 잘하고 있다는 훈장이었다.

시험 직후라 수업이 일찍 끝난 날이었다. '웬디'와 영은은 학교가 끝나면, 때로는 학교를 빠지고도 학원에 갔다. 예술 특기생의 비중이 높은 학교였기 때문에 '웬디'는 거짓말 무덤에 속마음을 털어놓기를 망설이지 않았다. '발레'를 한다는 사실만 밝히지 않는다면 그 애들이 자신에 대해 알 수 없을 것이라 생각했다.

"바로 학원 갈 거지?"

영은이 말했다. 영은은 은근히 옆에 서서 어깨를 맞춰 보았다. '웬디'는 영은보다 3센티미터 컸다. 발레의 세계에선 큰 차이였다. 영은은 매일 키를 잴 만큼 키에 집착했다. 영은은 3센티미터가 동작을 더 우아하게 만든다고 했다. 둘의 사이는 3센티미터만큼, 그다음엔 3미터, 3킬로미터만큼 점차 멀어졌다.

"집에 들러서 밥 먹고 가려고."

'웬디'의 말에 영은이 실눈을 뜨고 '웬디'를 훑어봤다. '웬디'는 그런 식의 눈빛이 너무 싫었다. 자신을 재고 가늠하는 눈빛. 이미 매일 엄마에게 받는 눈빛이었다. 영은은 '웬디'의 무엇을 확인하고 싶은 걸까. 이미 표준체중과 저체중의 경계에 있는 몸에서 살이 더 빠졌다면 걱정해 주어야 할 일 아닌가. 이해할 수 없는 일들이 계속 생겨났지만 도무지 풀어낼 시간이 없었다. 새벽같이 일어나 연습, 연습, 연습. 그리고 기절하듯 잠이 들면 영은과의 사이 같은 걸 고민할 겨를은 남아 있지 않았다.

"무슨 운동이라도 하는 건 아니지? 지금 집에 가는 건 맞아?"

영은의 질문에 머리가 지끈거렸다. 영은이 자신에게 확인하고 싶은 게 무엇인지 '웬디'는 잘 알았다. 자기보다 더 나아지지 말 것. 영은이 지금 바라는 건 그게 전부다. 두 사람은 벌써 2학년이고 예술 고등학교의 입시 경쟁률은 대학교와 견준다. '웬디'는 다 알면서도 속이 답답해졌다. 나는 이제 발레를 하고 싶지도 않은데. 그냥 다 포기하고만 싶은데. '웬디'는 겨우 그 말을 삼켜 냈다.

'웬디'는 영은의 의심을 뒤로하고 교문을 나섰다. 집에 가는 건 아니었다. 하지만 영은에게 솔직하게 말할 수는 없었다. '웬디'는 가방에서 모자를 꺼내 썼다. 학교에서 걸어서 십오 분 정도 떨어진 떡볶이 가게로 갔다. 학교 아이들이 잘 가지 않는 곳이었다.

"애기 왔어?"

떡볶이 가게 사장님은 '웬디'를 늘 애기라고 불렀다. 매대 앞에 서자 사장님이 떡튀순 세트를 내어 주었다. 학원 시간에 맞춰 가려면 서둘러 먹어야 했다.

"천천히 먹어. 그러다 체해."

'웬디'가 빠르게 접시를 비울 때마다 사장님은 늘 같은 말을 했지만 속도를 늦추지 않았다. 체해도 상관없었다. 어차피 다 토해 버릴 거니까.

"사장님, 떡튀순 세트랑 어묵 네 개요. 핫도그도 하나 주세요. 설탕은 빼고요."

'웬디'와 같은 교복을 입은 손님이 들어와 떡볶이를 주문했다. '웬디'는 모자를 깊게 눌러썼다. 최대한 고개를 숙인 채 한 그릇을 빠르게 해치우고는 돈을 올려 두고 그곳을 벗어났다.

속이 매웠다. 하지만 '웬디'는 이 느낌을 아주 좋아했다. 속에 무언가 있는 느낌. 내가 먹은 게 무엇인지 가늠할 수 있는 정도의 묵직함. 살아 있는 것 같은 느낌. 살아갈 수 있을 것 같다는 느낌.

떡볶이를 먹었다는 걸 알면 엄마는 어떤 반응을 보일까. '웬디'는 중학생이 된 이후론 외식을 하지 않았다. 집에선 야채를 주로 먹었고 기름기 없는 고기를 삶아 먹었다. 그래서 발레복이 잘 어울리는 몸이 됐다. 하지만 기쁘지 않았다. 무대 위에 있는 자신이 더 이상 멋있지 않았다.

'웬디'는 여전히 잠들기 전「피터 팬」과 무대 위 웬디를 떠올린다. 발레를 처음 시작했을 땐 자신도 춤을 추며 네버랜드에 갈 수 있을 것 같았다. 웃음과 행복뿐인 환상의 나라. '웬디'에겐 먹어도 먹어도 살이 찌지 않아 훨훨 날 수 있는 저체중의 나라. 하지만 이젠 안다. 네버랜드의 '네버'는 절대 없다는 뜻의 'Never'라는 것을.

캡사이신

학교가 일찍 끝났지만 '캡사이신'은 집에 가고 싶지 않았다. 아빠는 함께 저녁을 먹는 게 무슨 법이라도 되는 것마냥 굴었지만 '캡사이신'은 정말 싫었다. 온 가족이 함께하는 저녁 식사라니. 그건 예전이나 지금이나 어색하기 짝이 없었다.

평소보다 더 먼 길을 택했다. 오늘은 필리핀 음식을 먹는 날이다. 아빠는 일주일에 한 번은 꼭 필리핀식 저녁을 먹겠다고 했다. 정작 아빠는 필리핀 음식이 입에 맞지 않는 듯했지만 그 사람을 위한 일이었다. '캡사이신'은 다른 날에는 매번 찌개나 불고기 등을 맵게 먹었다. 그래서 그 사람은 다른 밑반찬밖에 먹을 수 없었다. 아빠는 덜 맵게 먹을 것을 권유했으나 절대 싫다고 했다. '캡사이신'이 양보할 수 있는 건 저녁 식사를 함께 하는 것뿐이었다. 메뉴는 '캡사이신'이 정했다. 그게 아빠와 '캡사이신'의 합의점이었다.

처음 아빠가 다시 결혼을 하겠다고 했을 때, 별 생각은 없었다. '캡사이신'은 친엄마와 연락하고 지내지도 않았고 반대할 마음도 없었다. '캡사이신'과 아빠는 정말 겨우 살아 내고 있었다. 아빠는 어린 '캡사이신'에게 식사와 간식을 챙겨 주기 위해 매번 고군분투했다. 살림과 육아에 대해 아빠가 모르는 건 너무나 많았다. 할머니가 돌아가시고 아빠는 한계에 도달했다. 도저히 혼자 아이를 키워 낼 수 없다고 판단한 것이다. 그렇게 새엄마가 등장했다. '캡사이신'은 그 사람을 엄마라고 불러야 했다. 그러지 않으면 아빠가 '캡사이신'을 크게 혼냈다. 밥도 주지 않았다. 아빠는 약간의 강압이 '캡사이신'이 그 사람을 따르게 할 거라고 믿었다. 아빠는 잘 믿는 사람이었고, 그래서 대책 없이 희망찼다. 잘 살게 될 거다, 다 괜찮아질 거다, 모든 건 익숙해질 거다.

'캡사이신'의 생활은 놀랍도록 편해졌다. 옷을 벗어 두면 다음 날 세탁이 되어 돌아왔고, 싱크대는 언제나 깨끗했으며 냉장고에도 늘 음식이 있었다. 편해질수록 의문이 들었다. 이 사람은 아빠와 결혼을 한 것인가, 집안일을 하러 온 것인가. 뭐가 됐든 새롭게 단장한 가족은 얼핏 안정적인 것처럼 보였다. 아빠는 두 번째 결혼에 매우 만족하는 듯했다. '캡사이신'의 눈치를 살피는 것도 잠시였다. '캡사이신'에게는 모든 일이 불가항력이었다. 새엄마를 원한 적 없지만 갑자기 생겨 버리고 말았다. 그러니 매 끼니 매운 음식으로 그 사람을 골탕 먹이는 정도는 이해받을 수 있는 일이다. 이렇게라도 하지 않으면 화가 나서 미칠 것만 같았다. 단순히 그 사람 때문만은 아니다. 아빠도 싫고, 엄마도 싫고, 어느 날 불쑥 나타난 새엄마도 싫다. '캡사이신'은 모든 게 싫어져 버렸다.

한참을 걷다 보니 떡볶이 가게가 보였다. 어차피 오늘 저녁은 필리핀 음식이라 먹지 않을 생각이었다. 한국에 외국 식료품점이 많다는 걸 '캡사이신'은 새엄마가 오고 난 후 알게 되었다. '캡사이신'은 필리핀 음식이 익숙해지지 않았다. '캡사이신'의 반에도 필리핀 엄마와 한국 아빠 사이에서 태어난 아이가 있고, 다 알지는 못해도 전교에서는 더 많을 것이었다. 그 애들은 태어날 때부터 자신의 엄마와 함께였으니 필리핀 음식도 맛있게 먹을 수 있을까. '캡사이신'는 괜히 그 애의 저녁 식탁을 상상하곤 했다.

떡볶이 가게엔 1반 유다온이 있었다. 같은 반이 된 적은 한 번도 없지만, 같은 학원을 다녔다는 친구에게 건너 들었을 땐 조용하고 별로 모난 데 없는 애라고 했다. 그래서 재미가 없다고.

재는 좀……대화가 안 돼. 자꾸 딴생각하는 것 같기도 하고. 암튼 너랑은 안 맞을 듯.

그 말이 떠오른 건 매대 앞에 선 다온의 멍한 표정 때문이었다. '캡사이신'은 사장님에게 물었다.

"떡볶이 매워요?"

"적당히 매콤해. 매운 거 좋아하면 캡사이신 넣어 줄 수 있어."

"캡사이신……."

순간 위가 찌릿하는 것 같았다. '캡사이신'은 요즘 들어 위가 자주 찌릿거렸다. 인터넷에 검색해 보니 스트레스를 받거나 자극적인 음식을 먹으면 그렇다던데, 자신은 둘 다인 것 같다고 '캡사이신'은 생각했다.

"많이 넣어 주세요."

"매운 걸 좋아하나 보네."

굳이 아니라고 말하지 않았다. 사장님은 먼저 포장을 마친 떡볶이를 다온 쪽으로 내밀었다.

"포장 다 됐다. 다음엔 언니랑 같이 와."

다온이 포장한 떡볶이를 받고 인사를 했다. '캡사이신'은 괜히 딴청을 피우며 어묵꼬치를 하나 집어 들었다. 다온을 보낸 뒤 사장님이 '캡사이신'에게 눈길을 돌렸다.

"청양고추도 넣어 줄까?"

"아뇨, 괜찮아요."

'캡사이신'은 어묵을 한입 물었다. 뜨거웠지만 속이 따뜻해지자 속 쓰림도 나아졌다. 매운 걸 싫어하는 건 아니었다. 매운 걸 먹고 땀이 나면 순간 머리가 텅 비어 버리는 듯한 느낌을 좋아하기도 했다. 하지만 그런 것도 반복되면 독이 된다. '캡사이신'은 약국에서 산 위장약을 책상 서랍 가장 깊은 곳에 넣어 두었다. 아빠가 위장약을 발견하면 뭐라고 할까. 어쩌면 아무 말도 하지 않을지도 모른다. 모르는 척은 아빠가 가장 잘하는 일이다. 꽤 만족스러운 지금 상태를 유지하기에 가장 좋은 것은 딸의 마음을 모르는 척하는 것이다.

거짓말 무덤에서 비슷한 애를 알게 됐다. '캡사이신'이 새엄마를 갖게 된 것처럼 '복숭아'는 새아빠를 갖게 되었다고 했다. 그 애는 새롭게 생긴 아빠보단 언니를 더 신경 쓰는 것 같았다. '캡사이신'은 새엄마 하나지만 '복숭아'는 새아빠에 새언니에……. 아니다. 모르는 사람이 보면 '복숭아'의 가족은 평범해 보일지도 모른다. '캡사이신'은 자신의 가족은 그렇지 않다고 생각했다. 그 사람은 누가 봐도 새엄마다. 차라리 날 때부터 그 사람이 자신의 엄마였다면 괜찮았을 거다. 위가 또다시 찌릿거렸다. 밥을 먹는 게 스트레스가 되면 어떻게 해야 할까. 아빠는 굶는 것도 허락하지 않을 텐데. 떡볶이는 금세 포장됐다. 집으로 가야 할 시간은 언제나 금방 찾아왔다.

장

조용한 밤은 위안이 된다. '장'은 공부를 할 때도, 책을 읽을 때도 노래를 듣지 않았다. 시끄러움은 집중력을 방해할 뿐이다. 그러니 혼자 있는 건 그리 슬픈 일이 아니다.

실수 없이 중간고사가 끝났지만 별로 기쁘진 않았다. 어차피 시험 또한 매일 반복되는 일상이었다. 시험이 끝난 날, 반 애들은 신이 나서 무엇을 하며 놀지 떠드느라 야단법석이었다. '장'은 시험이 끝나도 공부를 했다. 규칙적인 생활은 안정감을 주었다. 예상 외의 일은 스트레스였다. 그런 '장'이 거짓말 무덤을 만든 건 사실 '장' 스스로도 이해할 수 없는 행동이었다.

학교가 일찍 끝나는 날에도 '장'은 곧장 집으로 갔다. 집은 고요했다. 아빠는 아직 퇴근 전이었고 집에는 '장' 혼자였다. 아빠는 늘 바빴다. 책상에는 서류들이 뒤섞여 있었고 출장도 잦았다. '장'은 잘 울지 않는 아이였으므로 아빠가 마음 놓고 할머니 댁에 맡겨 놓을 수 있었다. 할머니의 집은 구불구불 산길을 한참 올라야 하는 곳에 있었다. 조용한 그곳은 '장'과 무척 어울렸다. 그땐 외로움을 몰랐다. 차라리 계속 할머니와 살았다면 지금의 자신보단 더 나은 사람이 되었을지도 모른다고, 문득문득 생각했다.

집에 혼자 있을 때면 종종 '그' 상자를 열어 보곤 한다. 그 안엔 그 애가 준 열쇠고리와 머리끈, 편지와 함께 찍은 사진들이 있다. 사진 속 '장'은 작지만 기쁘게 웃고 있었다. 친구들과 엉겨 붙어 있는 사진 속에선 그때의 웃음소리가 들리는 것만 같았다. '장'은 그 사진을 볼 때마다 자신이 이렇게 웃을 수 있는 아이였다는 걸 새삼 상기하곤 했다. '장'은 그때의 자신이 잘 기억나지 않았다. 사소한 실수로 잃어버린 친구들.

사진을 보니 그때의 일이 머릿속에 지진을 일으켰다. '장'은 사진을 도로 상자 안에 넣어 침대 밑으로 밀었다. 어쩌면 영영 열어 보지 않게 될지도 모른다. '장'에게도 '진짜' 친구들이 생길 테니까. '장'은 거짓말 무덤을 떠올렸다. 하나, 빛나, 아율, 다온. 그 애들은 절대 자신을 떠나지 못할 것이라고.

폭로

    다희는 입원 일주일 만에 퇴원한 후, 안정을 위해 바로 휴직을 신청했다. 다희는 당분간 다온과 함께 머물게 되었다. 재형은 야근이 잦고 몇 차례의 출장이 예정되어 있었다.

    "짐은 이게 끝인가?"

    아빠가 다희의 30인치 캐리어 두 개와 커다란 가방을 거실에 두곤 말했다.

    "일단은 이 정도면 될 것 같아. 주말마다 이 서방 올 거니까 필요한 거 있으면 가져오라고 하면 돼."

    "매주 오는 건 부담되지 않겠어? 요즘 계속 야근한다며."

    "나도 매주 올 필요는 없다고 했지. 근데 자기가 그래야겠대."

    "유난은."

    아빠는 고개를 저었지만 결코 재형을 나무라는 말은 아니었다.

오히려 입에 미소가 걸렸다. 다희는 사랑받고 있었다. 아빠는 그걸 가장 자랑스러워했다.

사랑받는 건 어쩌면 기적일지도 모른다. 피를 나눈 가족 사이에는 아주 조금 더 쉬울 수도 있겠지만 살면서 처음 만나는 사람을 사랑할 가능성은 희박하다. 엄마도 세상에 막 태어난 다온을 바로 사랑할 수는 없었다고 했다. 매일 울고 떼쓰는 아기를 사랑하는 건 아무리 가족이라도 노력이 필요한 일이라고 했다.

그러니까 다온아. 우리 노력해 보면 어떨까? 다온이를 엄마만큼 사랑하는 사람들이 생기는 거니까. 우리도 같이 노력해 보면 안 될까?

다온은 엄마의 말을 곧장 이해했다. 하지만 믿을 수 없었다. 나를 엄마만큼 사랑하는 사람들. 나를 무조건적으로 아껴 주는 사람들. 내가 어디에 있든 나를 기필코 찾아내는, 그런 사람들이 있을 리 없다고 다온은 생각했다.

"이불 빨아 뒀어. 전에 쓰던 그대로 있으니까 불편하진 않을 거야."

"괜히 고생하셨네요. 감사해요."

다희는 엄마를 보며 살갑게 웃었다. 다희는 엄마를 처음 만났을 때부터 곧잘 웃어 보였고, 내내 엄마에게 예의 발랐다. 엄마는 그게 아쉽다고 했다. 너무 큰 딸이 갑자기 생겨 버린 엄마는 처음에 다희를 대하는 게 어려웠다고 했다. 언젠가 다온이 어른이 된 모습은 자주 상상했는데, 그게 다희와는 딴판이어서 어색했다고. 하지만 어른들은 역시 달랐다. 한순간에 바뀌어 버린 상황을 이해하는 듯 바로 가족이 됐다. 그 사이에서 당황한 건 다온뿐이었다.

"다온이는 언니랑 저녁마다 산책해 줘야 돼. 알았지?"

"매일? 그래도 괜찮대?"

"너무 가만히 있는 것도 안 좋대."

다희는 씩씩해 보였다. 다온은 언니가 두 번의 유산을 겪는 과정을 전부 지켜보았다. 병원에 다녀올 때마다 언니가 얼마나 고통스러워했는지도 모두 기억하고 있었다. 세 번째 임신 소식이 마냥 기쁘지만은 않았던 이유도 그 때문이었다. 다희는 두려움을 잊어 보려고 하는 듯했다. 다온이 거짓말의 대가를 생각하지 않으려 하는 것처럼, 다희는 유산이란 가능성 자체를 생각하지 않으려 노력했다.

학교가 평소보다 일찍 끝난 날, 다온은 다희가 좋아하는 떡볶이 가게에 갔다. 찰떡이를 임신한 뒤 다희는 좋아하던 매운 음식을 자제했다. 하지만 참을 수 없는 딱 하나는 다희의 단골 떡볶이 가게의 떡튀순 세트였다. 당분간 함께 지내게 된 기념으로 다 함께 다희가 가장 좋아하는 떡볶이를 먹기로 했다. 떡볶이 가게는 학교와 조금 떨어져 있었지만 멀리 돌아서라도 찾아갈 만큼 맛있었다.

"사장님, 떡튀순 세트랑 어묵 네 개요. 핫도그도 하나 주세요. 설탕은 빼고요."

사장님은 다온을 알아보곤 눈인사를 했다. 옆에선 같은 학교 교복을 입은 애가 떡볶이를 흡입하고 있었다. 너무 빨리 먹는 탓에 사장님도 걱정할 정도였다. 모자를 푹 눌러쓴 탓에 얼굴이 보이지 않았다. 비쩍 마른 몸에 저게 다 들어갈까, 궁금해하던 찰나에 그 애는 벌써 한 접시를 해치우고 가 버렸다.

"자주 오는 앤데, 맨날 저렇게 빨리 먹고 가 버리네. 언니는 잘 있지?"

"네. 지금 집에 있어요. 애기 낳을 때까지 지낼 것 같아요."

"정말? 잘됐네. 새우튀김은 서비스야."

사장님이 작게 속삭이며 떡볶이를 포장했다. 가게로 다온과 같은 교복을 입은 아이가 들어왔다. 이 가게에서 같은 학교 아이를 마주친 적은 손에 꼽는데, 오늘은 두 명이나 만난 게 신기할 따름이었다.

"떡볶이 매워요?"

사장님은 그 애의 질문에 캡사이신을 넣어 줄 수 있다고 말했고, 그 애는 배를 문질렀다.

"포장 다 됐다. 다음엔 언니랑 같이 와."

다온은 봉지를 건네받고 인사를 했다. 사장님은 바로 냉장고에서 캡사이신을 꺼내 왔다. 그 애는 여전히 가만히 서서 배를 문지르고 있었다. 캡사이신을 많이 넣어 달라고 하는 목소리가 비장하기까지 했다.

다온은 가게를 나와 집으로 향했다. 코끝으로 떡볶이 냄새가 자

꾸 올라와 침이 고였다. 날씨가 좋아 오늘 저녁 산책이 기다려졌
다. 엄마도, 아빠도 없이 언니와 둘이 하는 산책은 생각보다 더 좋
았다. 다희는 휴직 후 다시 여유를 찾은 듯했다.

가게를 나온 지 얼마 되지 않았을 때, 근처 골목에서 기침 소리
가 났다. 골목길에는 떡볶이 가게에서 본 모자 쓴 애가 있었다. 그
애는 토하고 있었다. 목구멍에 손을 집어넣으며 먹은 것을 억지
로 토해 내고 있었다. 다온은 몸이 굳어 그 자리에 멈춰 섰고 그
애와 눈이 마주쳤다. 순간 깊게 눌러쓴 모자가 흐트러져 얼굴이
드러났다. 그 애는 2반의 강빛나였다. 다온은 떡볶이를 흡입하던
애가 빛나라는 게 믿기지 않았다. 전체 조회 시간에 단상에 올라
가 상을 받는 걸 보며 다온은 빛나가 발레 특기생이란 걸 알았다.
2반 아이들의 말로는 체중 조절 때문에 점심 급식도 먹지 않고 온
통 야채와 닭가슴살뿐인 샐러드 도시락을 싸 온다고 했다. 빛나
의 눈이 충혈되어 있었다. 빛나는 모자를 고쳐 쓰곤 순식간에 사
라졌다. 다온은 뭔가 보지 말아야 할 것을 본 것처럼 찜찜했다. 그
리고 순간 왠지 모르게 '웬디'가 떠올랐다

거짓말 무덤의 멤버가 궁금하지 않았던 것은 아니다. 다들 몇
살인지, 이미 다온이 알고 있는 애들인지 궁금하기도 했다. 하지
만 그 애들이 자신을 알게 되는 건 싫었다. 서로를 위로하고 의지
했지만 딱 채팅방 안에서까지만이었다. 서로에 대해 궁금해하지
말 것, 그건 거짓말 무덤의 규칙이었다. 그리고 그 규칙은 다온을

보호했다. 같은 중학교에 예체능을 전공하는 애들은 많았다. 다온은 더 이상 빛나에 대해 생각하지 않으려 애썼다.

다희와 다온은 저녁을 먹고 산책에 나섰다. 다희는 배 위에 손을 올렸다.

"평소보다 더 움직이는 것 같아."

"너무 많이 먹어서 그런가?"

다온의 말에 다희가 웃었다.

"내가 기분 좋아서 그런가 봐. 엄마 기분에 따라서 아기도 기분이 달라진대."

다온은 다희가 웃음을 참을 수 없는 사람 같다고 생각했다. 예전에도 다희는 자주 웃었지만 이렇게 환해 보이진 않았다. 찰떡이와 만날 날이 가까워질수록 다희의 얼굴은 환해졌다.

"언니는 찰떡이가 어떤 애였으면 좋겠어?"

엄마는 다온이 자신의 상상과 달랐다고 했다. 엄마는 분명 자신을 닮아 씩씩한 아이가 태어날 줄 알았는데 다온은 저체중에 힘이 없는 아기였다. 건강하고 씩씩한 것, 다온에게는 그런 것들이 제일 어려웠다.

"글쎄……. 건강한 애?"

"엄마랑 똑같네. 엄마도 어렸을 때 나한테 건강만 하라고 했거든."

다온은 그런 말들이 사실 서운했다고 말하려다가 그만두었다.

다희의 아이는 다를 것이다. 귀하게 태어나 사랑을 듬뿍 받게 될 것이다. 등 뒤가 허전하다고 생각하지 않을 것이다. 다온은 별안간 찰떡이가 부러워졌다. 다희와 재형은 찰떡이를 얼마나 사랑하게 될까. 자식이라는 존재는 부모를 곧잘 무장 해제시킨다.

"시끄러운 아이였으면 좋겠어."

잠시 동안 곰곰이 생각하던 다희가 말했다.

"왜?"

"우린 너무 조용했으니까."

다희가 옅게 미소 지었다. 둘은 조용히 걸었다. 공원엔 가로등 아래에서 농구를 하는 학생들과 강아지를 데리고 산책을 나온 사람들이 바쁘게 움직였다. 다희와 다온의 걸음은 느렸다. 언니는 한 걸음, 한 걸음을 소중히 내디뎠다. 이렇게 발맞추어 걷기까지 얼마나 많은 생채기가 생겼는지 모른다.

가족이 된 지 두 달이 안 되었을 무렵, 다온은 하굣길에 친구들과 걷는 다희를 만난 적 있다. 다희는 집에서와는 전혀 다른 얼굴을 하고 있어서 하마터면 못 알아볼 뻔 했다. 다온은 자신도 모르게 다희를 계속 쳐다보다가 눈이 딱 마주치고 말았다. 순간 흔들리는 다희의 눈동자에 심장이 덜컥 내려앉는 것 같았다. 괜히 잘못을 저지른 사람처럼 당황해서 발걸음을 옮길 수도 없었다.

아는 애야?

다희의 친구가 물었고 다희는 목에 무언가 걸린 사람처럼 얼굴이 벌게진 채 입만 벙긋거렸다. 그 당혹스러운 얼굴에 다온은 그제야 발걸음을 옮길 수 있었다. 다희의 침묵이 다온을 세상에서 가장 낯선 존재로 만들었다. 다온은 다희가 설명할 수 없는 사람이었다. 둘은 서로에게 한마디로 정리할 수 없는 사람들이었다. 언니는 다를 줄 알았다. 다온은 스스로 불안정하고 겨우 적응하고 있다고 생각하면서도 언니는 태연한 줄만 알았다. 어른이라서, 새엄마나 새 동생 같은 건 아무래도 상관없다는 듯 굴었으니까. 하지만 아니었다. 언니도 낯설었던 것이다. 자신의 인생에 갑자기 끼어든 엄마와 다온. 그 낯선 관계 사이에서 다온처럼 어리둥절한 나날을 보내고 있었던 것이다.

한껏 더워진 날씨에 벌써부터 하복을 입고 등교하는 아이들이 많아졌다. 학교에서 아직 에어컨을 틀어 주지 않는 탓이었다. 다온은 점심시간에 도서관에 갔다. 도서관은 에어컨을 틀지 않아도 시원했다. 같이 책 정리를 했었던 1학년이 대출 관리를 하고 있었다.

다온은 처음 거짓말 무덤의 초대장을 발견한 책을 괜히 찾아보았다. 혹시나 또 초대장이 있는지 궁금해졌기 때문이었다. 그러나 한참을 찾아도 『거짓말 지키기』가 없었다.

"혹시 『거짓말 지키기』 누가 빌려 갔나? 찾아봐도 없네."

"확인해 볼게요."

1학년은 풀고 있던 문제집을 내려 두고 책을 검색했다.

"서원 언니가 빌려 갔는데요?"

"그래? 고마워."

다온은 다른 책을 꺼내 들고 소파에 앉았다. 기분이 묘했다. 만약 다온이 아니라 서원이 그 책을 먼저 열어 봤다면 거짓말 무덤의 마지막 멤버는 서원이었을지도 모른다. 다온은 괜히 그 책을 다 읽어 보고 싶어졌다.

하교 시간이 되자 아이들은 집에 갈 준비로 분주해졌다. 왠지 하루가 길게 느껴졌다. 담임 선생님을 기다리고 있을 때, 교실 뒤편이 갑자기 소란스러워졌다.

"진짜 너 아니야?"

하린이 뒷문으로 나가려는 하나의 앞을 막았다. 하린의 뒤에는 눈이 벌겋게 충혈된 선민이 있었다.

"자꾸 뭔 소릴 하는 거야?"

하나가 신경질적으로 문을 열었지만 하린이 손목을 붙잡은 탓에 나갈 수 없었다.

"이거 안 놔?"

하나의 옆에 서 있던 현지가 끼어들자 그제야 하나를 놓아준 하린이 팔짱을 끼곤 하나를 노려봤다. 전보다 커진 목소리에 반 아이들의 시선이 하나와 현지, 선민 무리에 고정됐다.

선민 무리는 새 학기가 시작되었을 때부터 요란했다. 초등학교 때부터 친한 친구였던 선민과 하린을 필두로 몰려다니는 무리였다. 무리의 우두머리는 단연 선민이었다. 선민은 과시하는 걸 좋아했다. 좋은 것이든, 나쁜 것이든.

"네가 선민이 케이크 가져간 거잖아!"

하린의 큰 목소리에 일순간 교실이 조용해졌다. 하나는 모두의 시선이 집중된 것이 당황스러웠다.

오늘은 선민의 생일이었다. 아침부터 방과 후까지 선민의 생일을 축하하는 소리가 이어졌다. 선민이 받은 케이크는 하린이 이주일 전부터 준비한 맞춤 케이크였다. 반 아이들은 그 크기와 모양에 놀라 얼결에 아침부터 선민의 생일 축하 노래를 불렀다. 크기가 어마어마한 케이크는 사물함에 들어가지도 않아서 복도 신발장 위에 올려 두었다. 선민은 쉬는 시간마다 복도로 나가 케이크와 함께 사진을 찍었다. 그런데 그 거대한 케이크가 사라진 것이다.

"내가 왜?"

하나가 작게 실소를 터트렸다. 하지만 그런 반응에도 하린의 날선 눈빛은 사그라들지 않았다.

"체육 시간에 너만 일찍 교실로 갔잖아. 체육 시간 전까진 분명있었어."

"그때 보건실에 있었어. 내가 이선민 케이크 가져가서 뭐 해? 난 단 거 별로 좋아하지도 않거든?"

반 아이들이 웅성거리기 시작했다. 사라진 선민의 케이크와 하나에 대해. 하린은 하나가 선민의 케이크를 훔쳤다고 말하는 것 같았지만 그 추측에 동의하는 애들은 없어 보였다.

"선민이가 부러워서 훔쳐 간 건 아니고?"

하린의 말에 아이들의 웅성거림이 더욱 커져 갔다. 몇 애들은 눈살을 찌푸리기도 했다.

"쟤 왜 저래?"

다온은 영문도 모른 채 교실 뒤편의 상황을 지켜보았다. 하나는 당최 하린의 말이 이해가 가지 않는다는 표정이었다.

"그니까 내가 쟤 케이크를 왜 훔쳐 가냐고. 너네 무슨 병 있냐?"

하나의 말에 몇몇이 웃었다. 선민은 그 웃음소리를 놓치지 않았다.

"하린아, 그만해. 그냥 소문일 뿐이잖아."

선민이 하린의 교복 셔츠를 살짝 잡아당겼다.

"무슨 소문?"

하나가 선민의 앞에 서서 물었다. 하나는 조금 화가 난 것 같기도, 두려워하는 것 같기도 했다. 선민은 하나의 말에 우물쭈물했다. 말을 할 듯 말 듯 입을 열었다 닫았다 했다. 그사이 아이들의 시선은 더욱 선민과 하나에게 집중되었고 다온은 그 모습이 왠지 연극의 한 장면 같다고 느껴졌다.

"무슨 소문이냐니까!"

결국 하나가 선민의 어깨를 밀치자 하린이 질세라 하나를 강하게 밀쳐 냈다. 하나는 예상치 못한 하린의 개입에 뒤로 넘어졌고 거울 옆 철제 청소함과 부딪히는 바람에 큰 소리가 났다. 현지가 깜짝 놀라 하나를 살폈다. 교실은 순식간에 조용해졌고 아이들은 하린이 도대체 무슨 헛소리를 하려는 건지 귀를 기울였다.

"생일 파티는 해 본 적 있고?"

하린의 말에 하나의 얼굴이 창백해졌다. 하린은 하나의 반응에 이기기라도 한 것마냥 우쭐한 표정으로 선민을 쳐다봤다. 아이들은 어리둥절한 표정으로 둘을 번갈아 쳐다봤고, 담임 선생님이 교실에 들어올 때까지 하나는 일어서지 못했다.

교실의 분위기가 심상치 않다는 걸 단숨에 알아챈 선생님은 반장에게 자초지종을 들었다. 선생님은 모두에게 자리에 앉으라고 했다.

"선민이의 케이크가 사라진 건 사실이다. 다들 눈 감아."

선생님의 말에 아이들이 눈을 감았다. 복도에서 종례를 마치고 돌아가는 다른 반 아이들의 소리가 들렸지만 아무것도 들리지 않는 것처럼 교실 안은 조용했다.

"케이크를 가져갔거나, 가져가는 걸 본 사람이 있으면 조용히 손 들어."

숨이 막힐 듯한 정적이 계속되었다. 선생님은 낮게 한숨을 내쉬었다.

"신발장 위에 떡하니 있던 케이크가 어디로 사라졌을까. 정말 본 사람이 없어? 자백할 때까지 아무도 집에 못 간다."

선생님의 으름장에 몇몇 아이들이 앓는 소리를 냈다.

"선생님, 저 바로 수학 학원 가야 돼요."

"저도요. 오늘 늦으면 학원 쌤한테 죽어요."

아이들의 말에 선생님은 잠시 고민하는 듯하더니 이내 종례를 시작했다. 하린은 화가 나서 씩씩거렸고 선민의 눈엔 눈물이 차올랐다. 종례를 마치자마자 하린은 선생님 앞으로 뛰어나가 CCTV를 봐야 한다고 말했다. 얼마나 목소리가 크던지, 복도를 지나가던 옆 반 아이들이 교실 창문을 기웃거렸다. 그 사이에 빛나가 있었다. 순간 다온과 빛나의 눈이 마주쳤지만 빛나가 먼저 고개를 돌렸다. 그 모습에 어쩐지 다온은 떡볶이를 게워 내던 빛나의 모습이 자꾸만 떠올랐다.

선민의 케이크는 화장실에서 발견됐다. 정확히는 케이크를 누군가 다 먹은 듯한 흔적과 함께 상자만 버려져 있었다. 하린과 선민은 담임 선생님과 함께 CCTV 열람을 신청했지만 하필 그날 새 도서관 CCTV 설치 작업 때문에 복도 CCTV가 작동하지 않았다. 선민은 최악의 생일이라며 울음을 터트렸고 하나는 말없이 교실에서 사라졌다.

그날 저녁, 거짓말 무덤이 발칵 뒤집혔다.

쿠쿠 너희가 그랬지?

캡사이신 뭐가?

쿠쿠 내가 입양된 거, 너희가 소문냈잖아.

그 말에 다온은 하나가 떠올랐다. 아까 교실 뒤편에 넘어져 일어서지도, 반박하지도 못하던 하나가 눈앞에 아른거렸다.

캡사이신 그게 무슨 소리야? 우리가 왜? 우리는 너 누군지도 모르는데?

쿠쿠 그럼 김하린이 어떻게 그걸 알아? 내가 입양된 건 현지도 모르는 일이었는데, 여기서밖에 얘기한 적 없는데!

장 그만해.

캡사이신 이게 다 무슨 소리야?

쿠쿠 벌써 학교에 소문 쫙 퍼졌어. 도대체 너희 누구야. 다 너희 때문이야. 너희 때문에 내가······.

장 규칙 잊었어? 개인정보 말하는 건 금지야.

쿠쿠 웃기지 마. 지금 학교 애들이 2학년 1반 김하나가 입양된 거 다 알게 됐거든? 개인정보? 지랄하네.

캡사이신 너 김하나야……?

쿠쿠 모르는 척하지 마. 대체 누구야? 누가 소문낸 거냐고!

　다온은 무슨 말을 해야 할지 혼란스러웠다. 자꾸만 하나의 눈이 떠올랐다. 아무것도 보고 있지 않는 눈, 아무것도 보고 싶어 하지 않는 눈.

　너희 엄마가 아빠 없이 널 낳았다는 게 사실이야?

　다온은 오랜 기억이 떠올랐다. 아무렇지 않게 자신의 가장 깊은 마음에 함부로 침입한 그 애의 목소리가 귓가에 왱왱거렸다. 하나가 '쿠쿠'였다. 하린은 하나가 꽁꽁 숨기고만 싶어 하던 이야기를 너무도 쉽게 수면 위로 떠오르게 했다.

쿠쿠 난 여기 말곤 누구한테도 말한 적 없어. 내가 그걸 얼마나 숨기고 싶어 했는지 너흰 잘 알잖아. 그런데 왜…….

캡사이신 우린 아니야. 우린 네가 누군지도 몰랐잖아.

쿠쿠 이딴 걸 믿는 게 아니었어. 처음부터 들어오지 말았어야 했어. 누가 퍼트렸는지 빨리 말해.

장 아무도 못 나가. 그것도 거짓말 무덤의 규칙이야.

쿠쿠 웃기시네. 난 내 비밀만 까발려진 게 아직도 억울한데, 맘 대로 나가지도 못한다는 거야?

장 거짓말 무덤을 나가게 되면 여긴 더 이상 무덤이 아니게 돼. 결국 비밀이 드러나고 말 거야. 그래도 상관없어? 너희들 비밀 이 다 알려져도? 특히 하나 너. 우린 이제 네 이름도 아는데, 네 가 네 동생 죽도록 미워한다고 소문낼까?

캡사이신 그래도 그렇게 말하는 건 좀······.

웬디 어떻게 소문낸다는 거야? 어차피 우린 서로 이름도 모르 는데.

'장'의 말에 모두가 혼란스러워했다. 하나는 모두를 믿지 못했고 '장'은 하나를 협박하고 있었다. 숨겨 둔 일기장 같던 거짓말 무덤이 갈기갈기 찢어져 버리는 것만 같았다.

> **복숭아** 얘들아, 일단 진정하고…….

> **장** 김하나, 강빛나, 이아율, 유다온.

다온은 순간 휴대폰을 떨어트리고 말았다. 휴대폰이 바닥에 부 딪히는 소리가 제법 크게 났고, 문밖에서 엄마가 일찍 자라고 말 했다. 다온은 빠르게 휴대폰을 줍고 불을 껐다. 침대로 올라가 이 불을 머리끝까지 덮어쓴 후에 다시 채팅방을 열었다.

> **장** 한 명이라도 여길 나간다면 난 다 말할 거야. 친구든, 가족 이든.

'장'의 말에 대답한 사람은 아무도 없었다. 거짓말 무덤을 나간 사람도 아무도 없었다.

정체

다온은 밤을 꼬박 새우고 말았다. 자야 한다는 걸 알았지만 눈을 감아도 눈을 뜨고 있는 것만 같았다. '장'이 어떻게 자신의 이름을 알았는지 혼란스러웠다. 다온은 거짓말 무덤의 초대장을 도서관에서 발견했다. 『거짓말 지키기』를 펼친 건 우연이었다. 평소에 도서관에 잘 가지도 않던 다온이 거짓말 무덤에 들어가게 될 것을 '장'은 어떻게 알았을까? 수업 시간에 졸지만 않았어도, 도서관 벌 청소를 하지만 않았어도 거짓말 무덤에 들어갈 일은 없었을 텐데. 다온은 머릿속이 터질 것만 같았다. 오늘만큼은 학교에 가고 싶지 않았다. 할 수만 있다면 방 안에 틀어박혀 뒤죽박죽이 된 머릿속을 정리하고 싶었다. 하지만 다온은 엄마에게 학교에 가기 싫은 이유를 설명할 수 없었고, 게다가 집에는 다희가 있었다. 진퇴양난이었다.

다온이 교실 뒷문을 잡았을 때, 2반 앞문에서 나오던 빛나와 눈이 마주쳤다. 가까운 거리여서 보지 못했을 리가 없지만 둘은 눈을 마주치지 않으려 노력했다. 괜히 어색한 기분마저 들었다. 교실에 들어갔을 때 선민 무리는 어제 있었던 일과 그 일을 무마할 정도로 즐거운 생일 파티를 한 것에 대해 이야기하고 있었다. 하린의 목소리가 시끄럽다고 느껴질 때쯤 하나가 교실로 들어왔다. 하나가 들어오자마자 하린의 목소리가 사라졌다. 하린은 선민에게 가까이 붙어 들릴 듯 말 듯한 목소리로 하나에 대해 이야기했다. 하나가 책상에 가방을 내려놓자마자 하린이 하나의 앞으로 갔다. 단숨에 반 아이들의 시선이 둘에게 집중되었다.

　"케이크, 너 맞지?"

　확신에 찬 하린의 물음에 하나의 눈빛이 날카로워졌다.

　"적당히 해."

　하나의 경고에도 하린은 코웃음을 쳤다.

　"솔직하게 말하면 선민이가 넘어가 준대. 우린 어제 그것보다 큰 케이크로 생일 파티 했거든."

　하린이 묘하게 우쭐대며 말했다. 몇몇 아이들은 하린의 행동을 못마땅하게 보면서도 내심 궁금한 듯 하나의 반응을 살폈다. 하루 사이에 하나가 입양아란 소문은 빠르게 퍼져 버리고 말았다. 하린은 하나의 앞을 떠날 생각을 하지 않았고 하나는 입술을 깨물며 휴대폰을 꺼내 하린의 눈앞에 가져다 댔다.

"매년 생일 파티 한 사진이야. 살면서 남의 케이크를 훔칠 생각은 단 한 번도 한 적 없어."

하나가 힘주어 말하자 하린은 하나의 휴대폰을 빼앗듯 가로채 사진을 마구 넘겨 봤다.

"그래도 넌……."

"야, 하나가 뭐가 아쉬워서 이선민 케이크를 훔쳐 먹냐? 하나는 체육 끝나기 십 분 전에 보건실 갔어. 넌 십 분 안에 그 큰 케이크 다 먹을 수 있어?"

뒷문 옆자리에 앉아 있던 현지의 말에 다른 아이들도 고개를 끄덕였다. 하린은 당황한 얼굴로 선민을 쳐다봤지만 선민은 발을 빼듯 하린의 눈을 피했다. 하린은 더 말하지 못하고 자기 자리로 돌아갔다. 하나가 슬쩍 현지를 쳐다봤지만 현지는 하나를 보지 않았다.

하나는 하린의 어처구니없는 오해에서 벗어났지만 기뻐 보이지 않았다. 하린에게 생일 파티 사진을 보여 줘야겠다고 다짐한 하나의 마음은 그 순간부터 진 것이었다. 증명해야 하는 삶이 얼마나 끔찍한지, 당연함이 얼마나 어려운 것인지 모르는 아이들 앞에서 하나는 한없이 작아졌다.

괜찮음을 증명하기란 결코 쉬운 일은 아니다. 재혼 후 엄마는 한동안 다온의 괜찮음을 의심했다. 종종 다온을 뚫어져라 관찰하고 아빠나 다희의 말에, 특히 다희 할머니의 말 뒤엔 별 이야기가 아니었어도 꼭 다온을 바라봤다. 엄마의 관심이 싫었던 적은 없었지만 대답을 요구하는 관심은 정말이지 진절머리가 났다. 다온은 아무것도 대답하고 싶지 않았다. 아무 말도 하고 싶지 않았다. 자신의 괜찮음을 소문내고 싶지 않았고, 엄마의 두 번째 결혼이 자신을 위해서라는 소리도 그만 듣고 싶었다. 조금만 우울해도, 조금만 목소리가 작아도, 피곤해서 하루만 가족 모임에 참석하지 않으려고 해도 사람들은 어김없이 다온에게 말했다.

다 널 위한 일이니까 이해해야지.

다온은 당최 이해가 가지 않았다. 이미 벌어진 일에 자신의 반응을 살피는 건 아무래도 소용없는 일이라고 생각했다. 주위의 관심이란 그런 것이다. 스스로의 행동 하나하나를 다시금 돌아보게 한다. 다온은 하나를 쳐다보고 싶지 않았다. 이런 식의 관심은 하나에게 너무도 큰 상처가 되리라는 걸 다온은 너무도 잘 알았다.

점심시간이 되었지만 다온은 입맛이 없어 점심을 먹지 않기로 했다. 화장실에 다녀오니 교실에 빛나와 하나가 있었다. 빛나는 하나와 떨어져 교실 뒤편에 서 있었다.

"빨리 말해."

빛나가 신경질적으로 말했다. 하나가 옆 반에서 도시락을 먹던 빛나를 데려온 것이었다.

"너희, 어쩔 거야?"

하나의 말에 다온과 빛나는 아무 대답도 하지 않았다.

"장인 것 같아, 소문낸 사람. 걔가 우리 이름 다 알고 있었잖아. 그럼 다 말이 돼."

"……장이 왜?"

다온이 답했다. 모두의 이름을 알고 있던 '장'이 꼭 하나의 비밀만 폭로한 것이 의문이었다. 그리고 다온은 거짓말 무덤의 시간이 위로가 되고 꽤나 즐거웠다는 생각을 지울 수 없었다.

"장이 누군지 알아내는 게 먼저야. 오늘 학교 끝나고 모이자."

"난 레슨 있어."

"잠깐도 시간 못 내?"

"콩쿨 얼마 안 남아서 안 돼."

빛나의 말에 하나가 낮게 웃었다. 빛나는 젓가락을 내려놓고 하나를 쳐다봤다.

"왜 웃어?"

"그만둬 버리고 싶다면서 연습은 되게 잘 가는구나 싶어서."

하나는 왠지 비아냥거리는 것 같았다. 빛나는 아무 대답도 하지 않고 교실을 나가 버렸다. 둘 사이에서 당황한 다온은 어떻게 해야 할지 갈피를 잡지 못했고, 하나는 어깨를 으쓱였다.

"네 생각은 어때?"

하나가 다온을 쳐다봤다. 하나의 눈은 집요하다 못해 은은하게 돌아 있는 것 같았다. 하나가 '장'을 찾으면 어떻게 될까. 다온은 하나의 비밀을 그 애가 퍼트렸다고 생각하지 않았다. 의심조차

하지 않았다면 그건 하나에게 못된 걸까. 아무리 생각해도 '장'이 하나의 비밀을 퍼트릴 이유가 떠오르지 않았다. 도대체 왜, 왜? 머릿속에 의문만 가득했다.

"유다온, 어떻게 할 거냐고."

하나의 말이 끝나자마자 뒷문으로 반 아이들 몇 명이 들어왔다.

"아, 오늘 급식 완전 맛없어."

다온은 생각할 겨를도 없이 하나에게 재빨리 고개를 끄덕여 보였다. 하나는 다온의 대답을 알아채곤 다시 책상에 엎드렸다.

카페 안은 퍽 시끄러웠다. 4반 아율의 연락처를 알아내는 건 어려운 일이 아니었다. 아율은 연락을 받자마자 카페에 오겠다고 했다. 주문한 음료가 나올 때까지 아무도 입을 열지 않았다. 빛나는 학교가 끝나자마자 교실을 나가서 말을 걸어 볼 틈도 없었다.

"너희가 한 건 진짜 아니라는 거지?"

먼저 입을 연 건 하나였다. 하나는 여전히 소문의 출처가 거짓말 무덤이라는 의심의 끈을 놓지 못했다. 하나는 몹시도 예민했다. 그럴 수밖에 없었다. 단 하루만에, 이십사 시간도 채 지나지 않았는데 하나가 입양되었다는 소문이 무섭게 퍼져 나갔다. 빠르게 덩치를 키워 가는 소문에 하나는 아무것도 해명할 수 없었다. 사실은 해명할 것이 아무것도 없었다.

"진짜 아니야. 우린 서로 이름도 몰랐는데 어떻게 소문을 퍼트리겠어. 그리고 우리가 도대체 왜…….”

아율이 고개를 숙였다. 조금은 두려워하는 것 같기도 했다. 다온은 떡볶이 가게에서 본 아율의 얼굴과 딴판이라고 생각했다. 다온과 아율은 ‘장’이 범인이 아니길 바랐다. 정말 그 애가 범인이라면 자신의 비밀도 언제든 폭로될 수 있었다.

“학교에는 입양 이야기만 돌고 있잖아. 장이나 우리가 퍼트렸다면 동생 이야기까지 하지 않았을까?”

“장이 범인이든 아니든, 걔를 찾아야 하는 건 맞아. 이건 협박이나 마찬가지잖아.”

다온의 말에 설득되었는지 하나는 조금 누그러진 듯했지만, 여전히 초조해 보였다.

“근데 나 진짜 너희 말고는 말한 적 없거든. 현지한테도…….”

하나의 낯빛이 순식간에 어두워졌다. 하나는 교실에 있는 내내 현지와 대화를 나누지도, 눈을 맞추지도 않았다. 어제까지만 해도 뭐든 같이 하던 둘이었다.

“……원래 가장 가까운 사람한테 그런 얘기 안 하고 싶은 거니까.”

다온의 말에 하나와 아율이 고개를 끄덕였다. 누구에게도 말할 수 없는 비밀. 그것이 아이들을 거짓말 무덤으로 이끌었다. 내 주변에 있는 사람에게는 말할 수 없어서, 그들에게만큼은 평범하고 싶어서, 자신이 주위와 다른 점을 들키고 싶지 않아서.

하나는 집으로 돌아가자마자 '장'이 없는 단톡방을 만들었다. 더 이상 익명은 아니었다. 하나가 단톡방을 새로 만든 이유는 '장'의 협박에 대책을 세우기 위해서였다.

김하나 일단 장을 찾는 게 먼저야. 그다음에 따지든 싸우든 해야지.

강빛나 따져서 뭐 할 건데?

김하나 뭐 하냐니, 우릴 협박했잖아.

강빛나 아직 아무 말도 안 했잖아.

이아율 거짓말 무덤을 나가면 비밀을 소문내겠다고 했으니까, 협박은 협박이지.

강빛나 그러니까, 아직 아무 일도 안 일어났는데 뭘 따지겠다는 거냐고. 거짓말 무덤 안 나가면 되는 거 아니야?

김하나 내 비밀은 이미 까발려졌거든? 너, 저번부터 네 비밀은 별거 아니라고 너무 무관심한 거 아니야?

유다온 그렇게 말하지 마. 비밀에 별거가 어디 있어?

다온은 빛나가 골목에서 토하는 모습이 자꾸 떠올랐다. 충혈된 두 눈이, 두 눈 가득 고인 눈물이 자꾸만 눈앞에 아른거렸다.

김하나 너흰 태평하구나. 애들이 나에 대해 얼마나 수군거리는지도 모르지?

유다온 그런 뜻이 아니잖아.

이아율 그래, 하나야. 차분히 생각해 보자. 우린 장을 찾는 게 먼저잖아.

김하나 처음부터 들어오지 말았어야 했어. 믿지 말았어야 했는데.

강빛나 제일 신나서 떠든 건 너야. 네가 거짓말 무덤에서 제일 활발했잖아.

김하나 그건······.

이아율　속이 후련하긴 했지. 혼자만 끙끙 앓지 않아도 됐잖아.
그걸 약점 삼을 줄은 꿈에도 생각 못 했지만.

　　유다온　다들 초대장 보고 들어왔다고 했잖아. 어디서 발견했어?

　다온의 물음에 모두가 도서관이라고 대답했다. 하나와 아율은
1학년이 끝나 갈 즈음에, 다온과 빛나는 2학년이 되고 나서 초대
장을 발견했다.

　다음 날, 점심시간에 다온과 아율은 도서관에 갔다. 도서관엔
함께 책 정리를 했던 3학년 선배가 대출 관리를 하고 있었고, 서
원이 소파에 앉아 창밖을 쳐다보고 있었다. 창밖에는 몇몇 아이
들이 운동장을 걷고 있었다. 다온은 제일 먼저 『거짓말 지키기』를
찾았다. 서원이 이미 반납한 뒤였다. 다온은 아율에게 책을 보여
줬다.

　"난 여기서 찾았어. 너는?"

　"나는 『세계를 구한 거짓말』."

　하나와 빛나도 모두 거짓말과 관련된 책에서 초대장을 발견했
다고 했다. 아이들은 '거짓말'의 덫에 걸려 버렸다. '장'은 아이들
에게 덫을 쳐 놓았다. 각자의 마음속 죄책감이 그들을 거짓말 무
덤으로 데려가리라는 걸 이미 알고 있었다는 듯이.

거짓말은 늘 그랬다. 아무도 모르지만 모두가 아는 것처럼 느껴졌다. 죄책감은 늘 다온이 거짓말쟁이임을 상기시켰고 반드시 잘못된 결말에 도달할 것이라고 속삭였다. 그러니 다온은, 아이들은 덫에 걸릴 수밖에 없었다, 아무리 허술한 덫이라고 해도. 내내 졸이던 마음을 쏟아 낼 곳이 필요했으니까.

다온과 아율은 며칠간 점심시간마다 도서관에 가면서 서원이 매일 도서관에 있다는 사실을 알게 됐다. 다온은 자연스럽게 서원이 '장'이 아닐까 의심했다. 서원은 책을 읽기도 하고, 소파에 앉아 창밖을 쳐다보기만 할 때도 있었다. 도서관은 새 건물을 구경하는 아이들로 며칠은 북적거렸지만 아이들의 관심은 금세 시들해졌다. 꾸준히 도서관을 찾은 건 서원뿐이었다. 하지만 서원이 매일 도서관에 온다는 것이 '장'이란 것을 증명해 주진 않았다. 다온의 의심은 확신으로 이어지지 못했다.

그런데 뜻밖에도 먼저 말을 걸어온 건 서원이었다. 다온이 혼자 괜히 책장에서 책을 만지작거리고 있을 때였다.

"요즘 도서관 자주 오네?"

다온은 당황한 티를 내지 않기 위해 노력했다. 서원이 다온의 옆에서 책을 구경했다. 위쪽 칸에 있는 소설책을 꺼내 뒤표지를 살펴보기도 했다.

"『거짓말 지키기』 다 읽었어?"

다온은 번뜩 서원이 그 책을 빌려 갔다는 사실이 떠올라 물었다.

"아, 그거. 별로 재미없더라. 너무 어려워서 중간에 덮었어."

서원의 심드렁한 대답에도 심장이 쿵쾅거렸다. 서원이 조금만 귀 기울인다면 자신의 심장 소리를 들을 수도 있겠다는 생각에 다온은 괜히 숨을 참아 보았다.

"근데 내가 그거 빌려 간 건 어떻게 알았어?"

"읽으려고 했는데 없더라고. 그래서 누가 빌려 갔는지 물어봤었어."

다온의 대답에 서원이 고개를 끄덕이다가 문득 다온을 쳐다봤다.

"다 읽었어?"

"아니, 아직. 근데 어렵다니까 읽기 싫어지네."

다온은 지금 자신의 미소가 무척 어색하다는 걸 알고 있어서 서원의 눈을 쳐다볼 수 없었다. 아무 짓도 하지 않았지만 꼭 나쁜 짓을 하고 있는 것만 같았다. 서원은 전혀 어색해 보이지 않았다. 뭔가를 아는 눈치도 아니었다. 만약 서원이 '장'이라면 뭔가 다르지 않았을까.

"제목 때문에 읽으려던 거지?"

다온은 자기도 모르게 고개를 획 돌려 서원을 쳐다보았다. 서원은 별거 아니라는 듯 어깨를 으쓱였다.

"나도 제목 때문에 읽어 본 거거든. 제일 지키기 어려운 게 거짓말인 것 같아서."

"너 말이야, 혹시……."

그때 예비 종이 울리고 서원은 화들짝 놀라 들고 있던 책을 집어넣었다.

"5교시 과학실인데, 큰일 났다!"

서원은 인사할 틈도 없이 순식간에 사라져 버렸다. 도서관에 남은 사람은 다온과 오늘 대출 담당인 유진뿐이었다. 유진 또한 주변을 정리하고 교실로 돌아갈 준비를 하고 있었다.

"잠깐만 기다려 주라."

교실로 돌아가려는 다온에게 유진이 말했다. 다온은 친하다고 생각해 본 적 없는 유진이 먼저 같이 가자고 말을 걸어 당황했지만 얼결에 고개를 끄덕였다. 곧 유진이 도서관 문을 잠갔고 둘은 복도를 함께 걸었다. 다온은 1반, 유진은 5반이었다. 둘 다 교실에 도착하기까지 아무 말도 하지 않아 어색한 기운이 떠나지 않았다. 평소의 다온이라면 어색한 분위기가 싫어서 아무 말이나 해댔겠지만 지금은 머릿속이 복잡해 그러고 싶지 않았다. 유진은 침묵이나 어색함을 전혀 신경 쓰지 않는 눈치였다.

다온은 5교시 내내 서원에 대해 생각했다. 1학년 때 서원은 큰 키 때문에 종종 아이들의 관심을 받곤 했다. 체육대회 때는 선배들에게 끌려다니며 경기에 참가해야 했다. 그러나 서원은 한 번도 싫은 내색을 하지 않았다. 서원은 활발했지만 넘치지 않았고, 다정했지만 부담스럽지 않았다. 모두의 관심을 잘 받아먹었다. 어떤 관심은 과하면 체하기 마련이었지만 서원은 모든 관심을 탈 나지 않게 소화했다. 서원을 싫어하는 아이들도 있었지만, 서원은 자신에게 우호적인 사람도 적대적인 사람도 크게 신경 쓰지 않는 듯했다.

다온은 방과 후에 아율을 만났다. 빛나는 레슨을 받으러, 하나 는 동생을 데리러 갔다.

"그래서, 백서원이 '장'인 것 같다는 거지?"

다온은 아율에게 서원에 대한 생각을 말했다. 아율은 뭔가를 떠 올리려는 듯 골똘히 생각에 잠겼다.

"그날도 걔가 있었던 것 같아. 도서관에."

"정말?"

서원이 도서부에 들어간 건 2학년 초였다.

"걔 키가 엄청 크잖아. 그래서 기억나. 그날, 애들이 도서관으로 데리러 왔어. 배구인가 농구인가 동아리 같이하자고. 그때 너무 시끄러워서 다 쫓겨났었어."

뒤죽박죽 섞여 있던 퍼즐이 맞춰지는 것 같았다. 거짓말 무덤의 초대장을 발견했을 때, 서원이 있었다. '장'을 생각했을 때 서원이 떠오르지는 않지만 그 애는 뭐든지 예상을 뛰어넘을 것 같았 다. '장'을 만나면 묻고 싶은 게 많았다. 도대체 왜 이런 짓을 벌였 는지, 우리의 거짓말을, 우리가 가장 숨기고 싶어 하는 진심을 어 째서 이용하려 하는지.

비밀은 쉽게 이용됐다. 다온은 아빠가 없다는 사실을 굳이 드러내지 않으려 했지만 다른 아이들의 자연스러움에 비하면 언제나 부족했다.

근데 너는 왜 아빠 얘기 안 해?

주위의 별것 아닌 호기심에도 다온의 심장은 괜히 덜컹였다. 가끔은 아빠가 있는 척 굴기도 했다. 거짓말이 가장 큰 죄라고 가르치던 엄마도 그럴 때만큼은 잠시 말을 잃었다. 사실, 거짓말은 지겨운 것이었다. 지어내는 건 지긋지긋한 일이었다. 아빠가 생겼을 때 더 이상 거짓말할 필요가 없겠다고 기대하기도 했지만 결국 또 다른 거짓말이 시작되었다. 다른 애들이 그걸 이해할 리 없었다.

단톡방에 서원에 대해 이야기하자 하나가 자기도 초대장을 받았을 때 서원이 도서관에 있었다고 답했다. 아직 빛나의 답장이 오지 않았지만 하나는 서원이 '장'이라고 확신하는 듯했다. 어서 범인을 찾고 싶은 마음에 선뜻 믿어 버리는지도 몰랐다. 하나는 당장이라도 서원에게 연락할 기세였지만 아율이 말렸다. 아직은 모든 게 추측일 뿐이었다.

김하나 강빛나는 왜 답장을 안 하는 거야.

유다온 콩쿨 준비 때문에 바쁘댔잖아. 시간 나면 답장 오겠지.

김하나 자기 비밀 별것 아니라고 너무 태평한 것 같아. 짜증 나게.

이아율 그렇게 말하지 말라니까.

김하나 솔직히, 너도 그래. 매운 거 안 좋아하는 게 무슨 비밀이냐? 필리핀 새엄마 있는 거? 그런 애들이 한둘이냐? 별것도 아닌 걸.

유다온 야, 그만해.

김하나 너도 마찬가지야. 넌 너희 언니한테 좋은 거짓말이잖아. 그냥 입 다물고 있으면 되는데 뭘 그렇게 전전긍긍해? 솔직히, 처음 너 거짓말 무덤에 들어왔을 때도 그렇게 생각했어. 그냥 익명이니까 맞장구쳐 준 거지. 너희 비밀이 솔직히 비밀 축에나 끼냐?

하나는 말할 때마다 '솔직히'를 붙였다. 그것이 처음부터 자신의 본심이었다는 듯이. 이제야 진짜 마음을 털어놓는다는 듯이. 그러나 솔직한 마음도 쉽게 왜곡되곤 한다. 지금 하나가 말하는 솔직한 마음은 그때의 진심과 분명 다를 것이라고 다온은 생각했다.

이아율 김하나, 적당히 해라.

김하나 너무 태평하잖아. 너희도 소문나면 가만히 못 있을 걸? 내가 내 줘? 그럼 적극적으로 협조할래?

이아율 너야말로 징징대지 마. 동생 죽도록 미워한다는 거, 너희 할머니가 알면 어떻게 되겠어? 겨우 입양아인 거 알려졌다고 난리. 입양된 게 뭐 어때서. 어렸을 때부터 같이 살면 가족이지. 나나 다온이는 갑자기 낯선 사람이랑 가족이 됐어. 그게 얼마나 짜증 나는 일인지 알아? 아무것도 모르면서 함부로 말하지 마.

김하나 됐다, 됐어. 너희랑은 말이 안 통해. 난 알아서 할 테니까 다시는 아는 척하지 마.

하나는 그 말을 끝으로 단톡방을 나가 버렸다. 단톡방은 금세 고요해졌다. 다온과 아율은 하나의 비밀만 소문이 나 버려서 하나가 힘들어한다는 걸 이해하면서도 다른 사람의 비밀을 가볍게 여기는 태도를 봐줄 수 없었다. 하나는 격양되어 있었다. 진정시킬 수도 없었다. 그러나 다온은 하나가 마냥 밉지만은 않았다. 만약 다온의 거짓말을 다희가 알게 된다면, 아빠가 알게 된다면 얼마나 실망할까. 엄마는 또 얼마나 다온을 몰래 살피게 될까. 앞으로 다온의 말은 얼마나 많은 의심을 받게 될까. 거짓말은 그런 거다. 진심까지도 온전한 진심이 될 수 없게 하는 거다.

하나가 단톡방을 나가고 얼마 지나지 않아 빛나가 답장을 보냈다. 빛나가 초대장을 발견했을 땐 서원이 도서관에 없었던 것 같다고 했다. 또, 빛나는 서원과 단 한 번도 대화를 나눠 본 적 없다고도 했다.

> **강빛나** 근데 얘들아, 나는 장 안 찾아도 돼. 미안해.

빛나도 단톡방을 나갔다. 단톡방엔 다온과 아율만 남아버렸다.

> **이아율** 그래도 난 걔 찾고 싶어. 걔가 내 비밀을 가지고 이래라저래라 하는 거 싫어. 당연히 외국인 새엄마가 있다는 게 알려지는 것도.

> **유다온** 나도 그래.

> **이아율** 넌…… 내 비밀 말 안 할 거지?

아율의 말에 다온은 억울한 기분이 들었다. 다온은 한 번도 다른 아이들의 비밀을 누군가에게 말할 생각을 해 본 적 없었다. 비밀을 나눈 사람들끼리 그 정도의 도리는 있어야 한다고 믿었다. 하지만 '장'은 비밀을 가지고 협박을 했고 하나는 다른 사람의 비밀을 업신여겼다. 다온은 거짓말 무덤에 우정이 있다고 생각했다. 그들은 서로의 벽 뒤를 알고 있는 사이였다. 단순히 익명이기 때문에 용감해진 것뿐이었을까. 정체를 알고 나서 바로 돌변해 버린 아이들이 조금 미워졌다.

> **유다온** 당연하지. 우리 꼭 장을 찾자.

다온은 아율과 어떻게 '장'을 찾을지, 서원이 '장'이 아닐 거라고 확신해도 될지 밤늦게까지 이야기했다. 둘은 무언가에 쫓기는 사람처럼 조급했다. 자꾸 누가 쫓아오는 것 같은 기분이 들었다.

그러나 두 사람의 오랜 대화가 무색하게 다음 날 서원이 먼저 말을 걸어왔다.

"거짓말 무덤이 뭐야?"

도서관에서 서원이 다짜고짜 다온과 아율에게 다가와 묻자 둘은 순간 고장 난 기계처럼 삐걱거렸다. 서원이 왠지 반짝거리는 눈으로 대답을 기다리는 통에 식은땀이 나는 것만 같았다.

"넌 아니라는 거지?"

아율이 물었다.

"뭐가?"

"됐다."

아율이 옅은 한숨을 내쉬곤 문득 얼굴을 찌푸렸다.

"김하나가 뭐라 그랬어?"

아율은 조금 화가 난 것처럼 보였다. 서원은 아율의 반응에 당황한 듯했다.

"그냥, 다짜고짜 내가 장이냐고. 유다온이랑 이아율이 초대장 발견할 때 내가 있었다나? 그래서 무슨 소리냐고 물었더니 나보고 왜 도서관에 계속 있었냐는 거야. 도서관에 있는 게 잘못도 아닌데."

"다른 얘긴 안 했고?"

고개를 끄덕이는 서원의 모습을 보고 아율은 안도하는 듯했다. 서원은 거짓말 무덤이 무엇인지 물었지만 다온과 아율은 대답해 주지 않았다. 다만 아무에게도 말하지 말아 달라고 부탁했다.

"그러지 뭐."

서원은 더 이상 아무 질문도 하지 않았다. 그런 흔쾌한 태도에 다온은 왠지 찝찝한 기분이 들었지만 별다른 말을 할 수 없었다. 교실로 돌아가선 하나를 봤다. 하나는 책상에 엎드려 있었다. 현지와는 여전히 대화하지 않았다.

하나에 대한 소문은 수그러들지 않았다. 진짜가 아닌 것도 사실처럼 아이들의 입에 오르내렸다. 하나는 그런 아이들의 말에 일일이 반응하지 않았지만 상처받지 않을 리 없었다. 다온은 하나와 대화 한번 나눠 보지 않은 아이들이 수군거리는 걸 도무지 이해할 수 없었다. 그 애들은 하나가 어떤 사람인지 전혀 알지 못했다.

예보에 없던 비가 내리자 다희가 다온을 데리러 왔다. 같이 있던 반 친구들이 다희와 인사를 나눴고, 다온은 괜히 우쭐한 기분이 들었다. 다희가 정말 자신의 언니인 것 같은 기분이 들었다. 다희는 예전처럼 자신과의 사이에 벽을 두지 않았다. 다온이 벽을 넘으려 뛰지 않아도 되었다. 이제 배가 확연히 나온 다희는 걸음이 느렸다. 다온은 언니의 느린 걸음이 좋았다.

"안녕하세요?"

교문을 나오고 얼마 지나지 않아 유진이 인사를 건넸다.

"안녕? 다온이 친구야?"

"네, 남유진이에요."

다온은 적잖이 당황해 유진을 쳐다봤다. 학교 밖에서 인사를 나눈 건 처음이었다.

"어? 유진이 우산이 찢어졌네. 다온아, 우산 친구 주고 나랑 같이 쓰자."

유진의 우산 한쪽이 길게 찢어져 펄럭이고 있었다. 다온은 유진에게 우산을 건네주고 다희에게 바짝 붙어 걸었다. 다희는 한 손으로 우산을, 한 손으로 다온의 어깨를 감쌌다. 걸을 때마다 다희

의 배가 팔꿈치에 닿았다. 다온은 자신의 팔꿈치가 언니의 배를
치지 않도록 팔을 오므렸다.

"감사해요. 불편하실 텐데……."

유진의 시선이 다희의 배에 닿았다.

"딸이에요, 아들이에요?"

"아들이야."

다희가 미소 지으며 말했다. 순간 다온은 왠지 모를 불안감에
심장이 빠르게 뛰어 대기 시작했다. 유진은 다희의 배에서 시선
을 거두지 않았다.

"혹시 태몽도 있어요? 저는 복숭아 꿈이랬는데."

"어머, 얘도 태몽이 복숭아야. 다온이가 꿔 줬거든."

다희가 웃으며 말하자 유진의 얼굴에도 얼핏 미소가 맴돌았다.
다온은 불길한 느낌이 온몸을 휘감는 것 같았다.

"언니, 빨리 가자. 바람 많이 불어."

"어, 그래. 유진이도 조심히 가."

다온은 유진을 쳐다보지 않으려 애쓰며 발걸음을 재촉했다.

거짓말 무덤 알람이 울린 건 저녁 식사를 마친 직후였다.

> **장** 이번 주 토요일 2시 오름 카페.

'장'은 그 뒤로 아무런 말이 없었고 다른 아이들도 답장하지 않

았다. 아이들은 놀랄 수밖에 없었다. 며칠 동안 '장'이 누군지, 어떻게 정체를 밝혀야 할지 고민했는데 '장'은 너무나 손쉽게 정체를 드러내려 했다. 다온은 유진을 떠올렸다. 서원을 의심했을 때와는 달리, 모든 감각이 유진을 '장'으로 가리켰다. 토요일이 되면 밝혀질 일이었다.

다희가 집에서 지내게 된 후로 아빠의 샤워 시간이 짧아졌다. 거의 매일 모두가 거실에 모여 과일을 먹거나 TV를 봤다. 방문은 열려 있었다. 일찍 들어가 자라는 엄마의 말이 잔소리처럼 느껴졌다. 모든 게 평화로웠다. 다온은 지금의 평화가 깨지지 않기만을 바랐다. 이제야 진짜 가족이 된 것 같았다. 서로의 존재가 낯설고 설명하기 어려웠던 예전과 달리, 이제 다희는 어디서든 다온을 '다온아' 하고 다정하게 부른다. 예전에는 상상으로도 잘 그려지지 않았던 미래가 오늘이 되었는데도 다온의 마음 한구석은 늘 불안하기만 하다.

아수라장

"유다온."

교문을 나설 때 말을 걸어온 건 유진이었다. 유진의 손엔 어제 다온이 빌려준 우산이 있었다.

"고마웠어."

다온은 우산을 받아 들었다.

"우리 집 갈래?"

"……왜?"

"우산 빌려준 거 고마워서. 아빠가 너랑 맛있는 거 먹으라고 용돈 주셨거든."

유진은 다온의 대답을 듣지 않고 앞장섰다. 다온은 얼떨떨한 기분이었지만 일단 유진을 따라갔다.

유진의 집은 어둡고 고요했다. 암막 커튼 때문인지 햇빛이 들지 않아 6월이 다 되어 가는데도 한기가 도는 것 같았다.

"뭐 먹을래? 배달시키면 돼."

유진은 가방을 소파 위에 내려놓았다.

"아저씨는 언제 오시는데?"

5시가 조금 넘은 시간이었다. 다온은 쭈뼛거리며 거실을 구경했다. 거실엔 TV 대신 큰 책장이 있었고 수납장 위엔 유진이 아빠와 찍은 사진이 있었다.

"아빠 저녁 늦게 오실 거야. 야근이 잦으시거든. 엄마는 없고."

그 말에 부모님이 바빠서 자신에게 소홀했다는 '장'의 말이 떠올라 다온은 유진을 쳐다봤다. 당황한 다온과 다르게 유진의 얼굴은 평온해 보였다.

"궁금한 거 있으면 물어봐."

"뭐, 뭐를?"

다온의 말에 유진이 고개를 갸웃했다.

"다 아는 거 아니었어?"

불안했던 마음에 불이 난 것 같았다. 심장이 쿵쾅거렸다. 다온이 아무 말 없자 유진이 웃었다.

"뭐야. 내가 그렇게 힌트를 줬는데도 몰랐단 말이야?"

유진은 허탈하다는 듯 소파에 털썩 앉았다.

"복숭아, 쿠쿠, 웬디, 캡사이신. 나는 이미 다 아는 줄 알았어."

왠지 다리가 후들거리는 것 같아 다온은 쓰러지듯 소파에 앉아 유진을 쳐다봤다. 유진은 당황하기는커녕 계속 웃고 있었다.

"이럴 줄 알았으면 더 빨리 말할걸. 하나가 서원이한테 거짓말 무덤에 대해 말한 것 같더라. 나는 우리 모임이 다른 애들한테 알려지는 게 싫거든."

"대체 무슨 생각으로 그런 걸 만든 거야?"

다온은 목소리가 떨리는 걸 들키고 싶지 않아 힘을 주어 말했다.

"너희들도 고민을 털어놓고 싶어 했잖아."

"그걸 약점 잡아 이용하라고는 안 했어."

"약점 잡다니?"

다온은 유진의 태평한 태도에 속이 부글부글 끓기 시작했다.

"거짓말 무덤을 나가면 다 퍼트리겠다고 했잖아."

"'나가면'이라고 했지. 안 나가면 그럴 일 없어. 그리고 너희들이 마음의 짐을 덜기 위해 들어와 놓고 이제 와서 나한테 왜 만들었냐고 따지는 건 웃기지."

"우리 정체를 다 알고 있었으면서, 왜 모르는 척했어?"

"말을 안 한 것뿐이야. 어차피 거짓말 무덤은 거짓말을 한 사람들의 모임 아니야? 굳이 따지자면 너희가 한 거짓말과 같은 거야."

다온의 주먹에 힘이 들어갔다. 마음 같아서 유진을 세게 한 대 때려 주고 싶은 마음이었다.

"난 엄마가 없어. 엄마는 도박 중독자였어. 여기저기 돈을 빌려선 사라졌지. 그걸 변제하느라 아빠는 늘 바쁘셨고."

"지금 그걸 왜……."

"초등학교 땐 왕따를 당했어."

"그만해."

"그래서 여기로 이사 왔어. 제대로 된 친구도 없어. 뭐, 이건 너도 아마 알고 있을 테고. 내가 어렸을 때 아빠가 나를 보육원에 잠깐 보낸 적도 있는데 다행히 할머니가……."

"그만 말하라고!"

다온은 결국 폭발하고 말았다. 천둥 같은 고함 소리에 유진은 말을 멈췄다.

"듣고 싶지 않아."

"왜? 너도 내 비밀이 궁금한 거 아니었어? 내가 너희 비밀만 알고 있어서 화난 거잖아."

"그런 뜻이 아니잖아."

유진은 답이 없었다. 다온은 영문을 모르겠다는 유진의 얼굴을 견딜 수 없어 가방을 챙겼다.

"난 그래도, 너한테 이유가 있을 거라고 생각했어. 거짓말 무덤이 나쁘지 않았으니까. 솔직히 위로가 되어 줬으니까. 근데 어떻게 그걸 이용해? 우리 마음을 다 알고 있으면서?"

"……사람 마음은 쉽게 변해. 그래서 난 변하지 않는 관계를 갖고 싶었을 뿐이야. 서로가 서로의 비밀을 알고 있으면 함부로 관계를 끊을 수 없잖아."

유진의 말에 다온은 누군가 자신의 명치를 누르는 듯 답답했다.

"그래서 거짓말 무덤에서 너랑 친구가 된 애가 있어? 친구가 되고 싶어 하는 애가 있을 것 같아?"

"그런 건 상관없어. 그냥, 변하지 않는 관계면 충분해. 일단은."

다온은 열불이 났다. 유진은 자기가 무슨 짓을 벌였는지 전혀 알지 못하는 것 같았다. 자신의 불안이 유진에겐 그저 수단일 뿐이었다.

"우리 언니는, 내가 거짓말했다는 걸 알면 또 다시 유산할지도 몰라. 하나는 가족들에게 영영 미움 받을 수도 있고, 아율이는 새엄마를 마음 놓고 미워할 수도 없게 돼. 빛나는 또 어떻고. 빛나는…… 힘들게 견디고 있어. 그나마 숨통을 틔워 준 게 거짓말 무덤인데……."

"거짓말 무덤을 안 나가면 되잖아. 간단해. 그럼 절대 소문날 일 없어."

다온은 더 이상 유진과 말하고 싶지 않았다. 다온은 현관으로 가 운동화를 구겨 신었다. 문을 열고 나가려는 찰나 유진이 다온의 등에 대고 말했다.

"……친구 사귀는 방법을 몰랐어. 그래서 그랬어. 기분 나빴다면 미안."

다온은 대답을 하지 않고 문을 나섰다. 유진의 떨리는 목소리가 조금 신경 쓰였지만 한편으론 모른 척하고 싶었다. 유진이 한 짓은 백번 생각해도 잘못된 일이었다. 하지만 거짓말 무덤이 없었다면 다온은 여전히 걱정과 불안으로 밤잠을 설쳤을 것이다. 거짓말 무덤이 다온에게 위로가 된 것은 사실이었다. 머릿속이 복잡해서 열이 나는 것만 같았다. 차라리 아무것도 모르던 때로 돌아가고만 싶었다.

다온은 아율에게 메시지를 보냈다. 초대장이 있는 책을 빌렸을 때 대출 처리를 누가 해 줬는지 기억하냐고 물었다. 아율은 아마 유진이었던 것 같다고 대답했다. 다온은 아율에게만 '장'의 정체를 말했다. 빛나와 하나는 단톡방을 나가 버렸고, 어차피 내일이면 거짓말 무덤의 멤버들이 전부 만나게 될 터였다.

다온은 오 분 일찍 카페에 도착했다. 카페엔 유진이 있었다. 다온은 '장'의 정체를 알아내기 위해 혈안이었던 하나가 가장 먼저와 있을 줄 알았는데 의외라고 생각했다. 테이블 위엔 각종 케이크와 음료가 있었다.

"골라 마셔. 아빠가 너랑 밥 먹으라고 준 돈으로 산 거야."

다온은 딸기라떼를 골라 앉았다. 유진은 문제집을 풀고 있었다. 다온은 조금 어이가 없었다.

"이 와중에 시험공부냐?"

"기말고사 얼마 안 남았잖아."

다온은 유진의 평화로운 대답에 괜히 심술이 났다. 다음으로 도착한 사람은 빛나였다. 오지 않을 수도 있겠다고 생각했는데 의외였다. 곧이어 아율이 도착했고 하나는 오지 않았다. 대신 '장'이 누군지 말하라는 메시지가 다온, 빛나, 아율에게 번갈아 날아왔다. 하나는 가족 모임 때문에 부산에 있다고 했다. 아이들은 우선 하나에게 아무런 답장도 하지 않기로 했다.

"왜 그랬어?"

아율이 물었다. 아율의 목소리가 날 서 있었다. 유진은 문제집을 덮어 두고 초코라떼를 한 모금 마셨다.

"나는 친구를 사귀고 싶었어."

유진의 말에 아이들은 얼굴을 찌푸렸다.

"방법이 잘못돼도 한참 잘못된 거 아니야?"

"나는 거짓말 무덤을 계속 이어 가고 싶어. 거기선 모두가 솔직할 수 있잖아. 오늘은 첫 오프라인 모임이고. 협박이라고 생각했다면 사과할게. 난 그냥, 우리의 관계가 변하지 않았으면 했어."

유진은 다온에게 했던 것처럼 자신에 대해 이야기했다. 아율은 조금 누그러진 채로 유진의 말을 들었다. 아무도 유진의 말을 끊지 않았다. 유진이 하고 싶은 말을 다 할 때까지 기다렸다. 왠지 그래야 한다고 생각했다.

"전부 다른 사람은 몰랐으면 하는 내용이야. 지키고 싶은 비밀이고."

"그럼 하나에 대한 건……."

"나 아니야. 맹세해."

"……정말 말 안 하겠다는 거지?"

아율이 물었다. 유진이 고개를 끄덕였고 빛나는 케이크를 잘라서 한입에 넣었다. 빛나는 순식간에 조각 케이크 하나를 해치웠다.

"다 믿는 건 아니야. 비밀을 인질 삼은 건 정말 나빴어."

"응, 미안해."

유진이 선선히 사과하자 아율은 더 이상 아무 말도 하지 못했다. 유진은 다시 문제집을 폈고, 빛나는 계속해서 케이크를 먹었다. 아율은 가방에서 약을 꺼내 먹었다.

"무슨 약이야?"

"위장약. 요즘 매운 걸 너무 먹었나 봐. 위가 쓰려서 뭐 먹기 전엔 약 먹어."

"매운 걸 그만 먹어야 하는 거 아니야?"

다온의 말에 아율이 고개를 저었다.

"매운 게 직방이야. 어제 그 사람이 같이 밥 못 먹겠다고 해서 아빠랑 싸웠거든."

아율이 밀크셰이크를 한 모금 들이켰다.

"야야, 좀 천천히 먹어."

아율이 케이크를 한입 가득 우물거리고 있는 빛나에게 말했다.

"이렇게 많이 먹는데 왜 살이 안 찌지?"

아율의 말에 다온은 괜히 빛나의 눈치를 봤다. 빛나는 케이크

하나를 금세 다 먹어치우곤 아메리카노를 한 번에 반이나 마셨다.

"나 먹토해."

"에에?"

아율이 놀라 빛나를 쳐다봤다. 빛나는 별일 아니라는 듯 다른 케이크를 골라 먹기 시작했다. 놀란 건 다온도 마찬가지였다. 빛나가 골목에서 고통스럽게 토하고 있는 모습이 여전히 눈앞에 아른거렸다. 그때 빛나의 눈빛은 조금 슬퍼 보이기도, 화가 나 보이기도 했다.

"이렇게 먹고 살 안 찌려면 그 수밖에 없어."

"그, 그럼 몸이 상하잖아."

"매운 것만 골라 먹는 건 몸에 좋냐."

빛나가 피식거렸다. 아율은 빛나의 말에 잠시 고민하더니 고개를 끄덕였다.

"그것도 그렇네."

아이들은 두 시간 정도 이야기를 나누었다. 빛나의 콩쿨 준비와 다희의 안부를 물으며 서로의 근황을 들었다. 유진은 대화에 적극적으로 참여하진 않았으나 누군가 질문을 하면 책에서 눈을 떼고 답했다. 다온은 처음엔 유진을 경계했지만 유진의 진짜 비밀을 듣고 나선 어쩐지 덜 경계하게 되었다. 유진의 '약점'을 알게 되었기 때문일까. 다온의 마음에 여진이 일었다.

두 시간이 쏜살같이 지나갔고 유진은 매주 토요일, 시간이 괜찮은 사람들끼리 오프라인 모임을 갖자고 했다. 아이들은 즐겁게 지나간 시간에, 편해진 마음에 어리둥절했다. 좋으나 싫으나 서로의 비밀을 알게 되었다. 비밀은 때론 부채처럼 느껴지지만 이번만큼은 빚보단 이자 같았다. 서로의 비밀만 잘 간직해 준다면 우정이 덤으로 생길 거란 유진의 생각이 틀리지만은 않은 것 같았다. 다온은 어쩌면 정말로, 우리가 친구가 될 수 있을지도 모른다는 생각이 자꾸만 들었다. 폭풍우가 지나간 것만 같았다.

그러나 평온함은 그날 밤을 겨우 넘길 뿐이었다. 다음날 학교는 발칵 뒤집히고 말았다. '장'이 유진이란 걸 뒤늦게 안 하나가 도서관에 들이닥쳤다.

"야, 이 쓰레기야!"

하나가 유진의 머리채를 잡으려 달려들었고 도서관에 있던 다온과 서원이 얼결에 하나를 말렸다.

"왜, 왜 그래?"

서원이 크게 당황해서 유진의 앞에 섰다. 유진도 놀란 얼굴로 하나를 쳐다봤다. 하나는 몹시 흥분해 보였다. 다온은 아율이 하나에게 유진이 '장'이란 사실을 알려 준다고 했을 때, 한 번쯤은 말렸어야 했나 하는 후회가 밀려왔다.

"네가 그런 거 맞지? 너지? 거지 같은 거짓말 무덤, 진즉에 나갔어야 했어!"

하나가 다시 한 번 유진에게 달려들었고 다온은 필사적으로 하나를 말렸다. 몇 주 동안 소문에 시달린 하나는 앞뒤 가릴 것 없는 상태 같았다.

"유진이가 그런 거 아니래! 일단 좀 진정해 봐."

"그 말을 믿어? 몰래 남의 비밀 알아내서 협박하는 애 말을 믿는 거냐고. 얘가 뭐 하러 그런 걸 만들었겠냐고. 왜 거짓말 무덤을 못 나가게 협박했겠냐고!"

하나의 고함이 조용한 도서관을 가득 채웠다. 도서관에 있던 몇몇 아이들이 수군거리기 시작했고 거짓말 무덤이라는 말이 아이들의 입에 오르내렸다.

"앞에선 아무것도 모르는 척, 아닌 척……. 너 완전 사이코패스 같아. 무서워."

하나는 목소리를 낮출 생각이 없어 보였다. 거짓말 무덤의 시작이 잘못 끼워진 단추였을지 모르지만 다온은, 아율과 빛나는 그 모든 걸 부정할 생각은 없었다. 하지만 이미 비밀이 밝혀져 버린 하나는 화를 가라앉히지 못했다. 다온과 서원은 둘 사이에서 이러지도 저러지도 못했다. 유진이 별다른 반응을 보이지 않는 게 다행인지 불행인지도 확신할 수 없었다.

"대체 무슨 일인데?"

서원이 답답한 듯 물었지만 해 줄 수 있는 말이 없었다. 유진의 침묵이 하나를 더 화나게 하는 것만 같았다.

"하나야, 나가자. 소란 피워 봤자 우리 손해야. 그리고 유진이가 뭐 하러 네 비밀을 떠벌리겠어. 우리 다 비밀을 가지고 있는데."

다온이 하나에게 속삭였다. 책을 읽던 3학년 선배는 소란에 눈살을 찌푸렸다.

"너희랑 내가 같아? 비교할 걸 비교해. 그런 같잖은 비밀을 나하고 견줄 수 있을 것 같아?"

"비밀에 순위를 매겨서 뭐 하는데. 그런 거 순위 매길 시간에 네 동생이나 신경 써. 친동생 아니라고 미워하는 거, 창피하지도 않냐?"

울컥하는 마음에 말이 멋대로 흘러나왔지만 하나는 들은 척도 하지 않았다. 다온은 어떤 말도 듣지 않으려 하는 하나에게 화가 나기 시작했다. 아무리 화가 나도 이렇게 막무가내로 달려드는 걸 이해할 수 없었다. 하나는 다시 한 번 유진에게 덤벼들었고, 서원이 하나의 손을 막으려다가 밀려 넘어지고 말았다. 넘어질 때 큰 소리가 났고 유진은 넘어진 서원을 부축했다. 하나도 짐짓 놀란 듯했지만 유진을 향한 비난을 멈추지 않았다. 다온은 아수라장이 된 도서관에 더 이상 있고 싶지 않았다. 다온은 하나의 손목을 붙잡고 도서관을 나가려 했다. 하지만 무슨 힘이 그렇게 센지, 하나는 금세 다온의 손목을 잡아채곤 쏘아붙이기 시작했다.

"너희도 결국 한패인 거지? 전부 다 알고 있었던 거 아니야? 그래서 쟤 편 드는 거지?"

"김하나, 그만해. 억지 부리지 좀 마!"

"지금 억지라고 했어? 이게 진짜······."

"네가 그러니까 사랑받지 못하는 거잖아!"

생각할 겨를도 없이 튀어나온 말이었다. 하나를 가장 상처 입힐 말이란 걸 너무도 잘 알았기 때문에 순간적으로 나온 말이었다. 순간 하나의 손에 힘이 풀어졌다. 사납기만 했던 하나의 얼굴이 아주 잠깐 풀어지고 눈물이 맺혔다. 다온은 당황스러움을 감출 수 없었다. 결코 하지 말아야 할 말을 해 버리고 말았다. 하나에게 사과하려던 찰나 하나의 눈이 번뜩였다.

"너희 언니는 꼭 유산하게 될 거야. 네 거짓말 때문에."

순간 머리가 하얘졌다. 어느새 다온의 손은 하나의 머리카락을 한 움큼 쥐고 있었다. 다온은 한 번도 다른 사람의 머리카락을 그만큼 쥐어 본 적이 없었으나 몇 번이고 쥐어 본 사람처럼 하나와 엉겨 붙어 싸우기 시작했다. 도서관 안에 있던 아이들이 하나둘 모여들어 구경했고 유진과 서원이 두 사람을 떨어트리려 애썼다. 조용히 넘어가는 건 이미 물 건너 가 버리고 말았다.

미워하는 마음

눈가가 따끔거렸다. 피가 나지는 않았지만 살갗이 벗겨진 듯했다. 학생부 지도실은 에어컨 때문에 한기가 돌았다. 학생부장 선생님은 긴팔 옷을 입고 있기 때문인지 에어컨 온도를 높일 생각도 하지 않는 듯 했다. 선생님은 팔짱을 끼곤 다온과 하나를 쳐다보고 있었다. 정확히는 둘 사이를 보고 있는 것 같았다.

다온과 하나는 선생님의 질문에도 아무 말 하지 않았다. 둘 모두 그런 일을 벌인 걸 후회하고 있었지만, 어디서부터 어디까지 설명을 해야 할지 막막했다. 두 사람이 말을 하지 않은 탓에 선생님은 도서관에 있었던 아이들에게 상황을 전해 들었다. 그래서 다온과 하나가 꽤 큰 싸움을 벌였고, '거짓말'이니 '협박'이니 하는 단어들이 오갔다는 것을 파악했다. 결국 부모님에게 연락이 가고 말았다.

다온의 엄마와 하나의 할머니가 도착했을 때, 선생님은 다짜고짜 사건이 아주 심각하다고 했다. 엄마와 할머니의 얼굴이 새파래졌고 다온과 하나의 입이 벌어졌다.

"그런 게 아니라……."

다온은 그제야 꾹 닫고 있던 입을 열었지만 선생님은 말을 들으려 하지 않았다.

"거짓말 무덤이란 채팅방을 만들어서 익명으로 비밀을 주고받은 모양인데……. 하나가 입양된 걸 누가 소문냈나 봅니다."

"다온이가 소문을 냈다는 건가요?"

엄마의 안색이 더욱 나빠졌다.

"그건 잘……. 물어도 대답을 안 하더라고요. 싸움 현장에 있던 애들 말로는 다온이가 하나한테 동생 얘길 했고, 하나가 다온이한테 언니 유산 얘기를 했다네요. 그리고 나서 몸싸움이 시작됐답니다. 큰 상처는 나지 않아 다행이지만, 교칙에 따라 벌점을 받게 될 거고요."

"동생에 대한 얘기가 어떤 거지요?"

할머니가 선생님에게 한 발짝 다가가려고 하자 하나가 할머니의 팔뚝을 잡았다.

"할머니, 아무 얘기도 아니에요."

"가만히 있어라."

할머니의 목소리가 얼음장 같았다. 하나에게 전해 들은 그대로

였다. 하나는 겁에 질린 것 같았다. 할머니는 하나에게 화를 내지도, 혼을 내지도 않았지만 다온은 그게 더 신경 쓰였다. 하나가 싸웠다는 일보다 동생에 대한 이야기를 궁금해하는 할머니가 하나의 말을 제대로 들어 줄 리 만무했다.

"제가 먼저 때렸어요. 욱해서 그랬어요. 그러면 안 됐는데…….
동생 얘기도 지어낸 거예요. 죄송합니다."

"동생 얘기는 뭐니?"

"……하나가 입양됐다고 하길래 동생 미워한다고 지어내서 말했어요. 하나야, 미안해. 내가 거짓말했어."

할머니는 실눈을 뜨고 다온을 잠시 쳐다봤다. 다온은 자신의 표정을 유심히 살피는 할머니의 모습을 보니 괜히 화가 났다. 할머니는 이곳에 도착하고 나서 한 번도 하나를 살피지 않았다.

엄마와 할머니는 합의서를 작성한 후 돌아갔다. 다온과 하나는 학생부 지도실에 남아 반성문을 썼다. 둘은 아무 말 없이 글만 썼다. 연필 사각거리는 소리 사이로 억눌린 울음소리가 새어 나왔다. 하나는 울음을 참으려 했지만 역효과가 났다. 참을 수 없는 것을 참으려는 건 바보 같은 짓이다. 결국 터져 버리고 만다. 다온은 빠르게 반성문을 적고 일어섰다. 하나가 조금이라도 편하게 울 수 있길 바랐다.

내 편이 없다는 건 나를 완전히 드러낼 수 없다는 것과 같았다. 자신의 가장 못난 부분까지 눈감아 줄 사람이 없다면 다온은 못

나지 않아야 했다. 하나도 그랬을 것이다.

가방을 챙겨 나가자 복도에 엄마가 있었다. 엄마는 회사로 돌아가지 않고 다온을 기다렸다. 다온은 왠지 마음이 편했다. 복잡한 엄마의 얼굴을 보는 것도 불편하지 않았다. 다온은 엄마에게 태몽에 대해 털어놓았다. 엄마는 한 번도 다온의 말을 끊지 않고 들어 줬다. 그런 사람이 하나에게도 있으면 좋겠다는 생각이 말하는 도중에도 문득문득 떠올랐다.

"다희 언니한텐 말하지 마."

"그렇게 마음이 불편하면서 괜찮겠어? 솔직하게 말하면 언니도 괜찮을 거야."

"이제 겨우 언니랑 가까워졌는데 멀어지게 될까 봐 겁나."

엄마는 말없이 손을 잡았다. 힘없는 다온의 손을 주물럭거리다가, 꼭 쥐었다가 놓기를 반복했다.

"거짓말 무덤인가 하는 거, 이상한 거 아니지?"

엄마의 목소리가 조심스러웠다.

"전혀. 그냥 서로 고민 상담해 주는 거야."

"하나가 입양된 게 소문났다며."

"그건 우리 아니야. 하나가 의심할 만하지만 오해야."

다온은 유진을 떠올렸다. 거짓말 무덤 멤버들의 정체를 알고 있는 유진이 범인일 가능성이 높았지만, 다온은 유진이 그런 게 아니라고 믿고 싶었다.

"너는 하나를 이해해 주는데 하나는…… 너한테 못됐네."

"아냐, 엄마. 못됐다고 하지 마. 그러지 마."

괜히 눈물이 났다. 하나의 할머니는 하나를 기다려 주지 않고 가 버렸다. 하나는 그걸 당연하다고 생각할 것이다.

"걔는 조금 못돼도 괜찮아."

"……너도 그래."

손에서 땀이 났지만 엄마는 손을 놓지 않았다. 해가 지고 있었다. 비가 오려는 듯 하늘이 어둑했고 습한 바람이 불어왔다.

"가족은 서로 못난 부분까지 감싸안아 주는 거야. 그러니까 언제든 못되게 굴어도 돼."

엄마가 장난스럽게 웃었지만 다온은 웃을 수 없었다. 못된 딸이 되고 싶다는 생각은 해 본 적 없었다. 다온은 그 정도로 용감하지 않았다. 그럼에도 사랑받을 수 있을 거라고 생각하지 못했다.

다희에게 솔직하게 털어놓는 게 좋을 것 같다는 엄마의 말에 다온은 밤새 고민하다가 결국 급성 위염에 걸리고 말았다. 명치를 쥐어짜는 느낌이 몇 번 반복되다가 걸을 수도 없는 고통이 찾아왔다. 이틀은 입원해야 한다는 의사 선생님의 말에 다온은 차라리 잘됐다고 생각했다. 입원 수속을 해 준 다희가 병실에 있겠다는 걸 겨우 돌려보내고 침대에 누웠다. 6인실 병실은 모두 커튼을 치고 있어 소란스러운 1인실 같았다.

"유다온?"

그때 누군가 커튼을 펄럭이며 젖혔다.

"누구세요?"

커튼 사이로 비친 얼굴은 아율이었다. 아율도 환자복을 입고 있었다.

"대박. 너도 입원했어?"

아율이 반갑다는 듯 손을 흔들었다.

"너는 언제 입원했어?"

"어제 저녁에. 결국 위염 걸려서 매운 음식 금지령 받았어. 너는?"

"나도 위염. 스트레스."

다온의 대답에 아율이 고개를 끄덕였다.

"아율, 친구?"

아율의 옆으로 어떤 아줌마가 다가왔다.

"안녕하세요."

다온은 단번에 그 아줌마가 아율의 새엄마임을 알 수 있었다. 아저씨보다 열다섯 살이나 어리다고 했는데, 그리 어려 보이지 않았다.

"친구 있으니까 가."

"아율, 매운 거 먹음 아파."

"아, 알겠다고. 이름 발음 못하면 하지 말라니까?"

아율의 신경질적인 대답에 아줌마는 어쩔 줄 몰라 하다가 병실을 나갔다.

"야, 야……. 그래도 너……."

"싸가지 없어 보여도 어쩔 수 없어. 존댓말은 못 알아들어."

아율은 낮은 한숨을 내쉬었다.

"이럴까 봐 친구들 병문안 오겠다는 것도 다 거절했어. 이렇게 아플 때 챙겨 줄 사람이 저 사람밖에 없다는 게 참……. 아빠는 일하고, 보호자 없인 입원도 못 하고."

"그래도 다행이네. 저 분이 계시니까 잘 입원했잖아."

"아빠 생각도 딱 그거야. 저 사람이 있으니까, 항상 필요한 일들을 해 주니까."

다온은 아율의 말이 잘 이해되지 않아 가만히 아율을 쳐다봤다. 아율의 얼굴엔 근심이 가득했다.

"처음엔 저 사람이 그냥 싫었거든? 갑자기 나타나서 내 엄마라고 하니까 어이없지. 나한텐 한 번도 물어본 적 없었거든. 처음엔 내 엄마라는 게 싫었는데, 지금은 아빠 아내라는 게 더 싫어. 아빠는 저 사람이 필요해서 결혼한 것 같아. 밥해 주고 빨래해 주고, 딸 입원 수속 같은 귀찮은 일 떠맡아 주잖아. 그래서 더 짜증 나. 저 사람이 노력하는 것도 다 짜증 나. 그냥 포기하고 이혼했으면 좋겠는데."

"넌 저분을 꽤 좋아하나 보다."

다온의 말에 아율은 얼굴을 찌푸렸다.

"그럴 리가."

"걱정하는 거잖아. 너희 아빠한테 이용당하는 걸까 봐."

아율이 길게 한숨을 내쉬었다. 몸에 있는 공기를 모두 빼낼 듯이 긴 숨이었다.

"모르겠어. 아줌마가 오고부터 진짜 편해졌어. 근데 나는 그게 너무 이상한 거야. 내가 편해졌다는 건 아줌마가 그만큼 불편해졌다는 뜻이 되기도 하잖아. 나랑 아빠는 편해졌는데, 아줌마는? 국제결혼은 돈을 주고 데려오는 거래. 아줌마는…… 원하지 않았는데 내 엄마가 되어야 했던 거야."

다온은 어느 날 갑자기 타인과 가족이 되어야 했던 첫날이 떠올랐다. 가족과의 처음을 기억한다는 건 평범한 일은 아니었다. 그건 하나도 알았고, 아율도 알았다. 무턱대고 무언가를 바랄 수도, 원하는 것을 얻지 못했다고 틱틱댈 수도 없었다. 아율은 어느 날 갑자기 자신의 엄마가 되기 위해 먼 나라에서 온 사람을 어떻게 받아들여야 할지 모르는 것 같았다. 하나처럼 무조건 사랑하거나 다온처럼 벽을 세우는 대신 연민했다. 생판 모르는 사람을 엄마로 맞이해야 했던 자신과 원하지 않게 딸을 가져야 했던 아줌마가 겹쳐 보였던 것일지도 모른다. 그래서 화가 났고, 미워했고, 차라리 포기하길 바란 것일지도 모른다.

다온은 거짓말 무덤 아이들에게서 자꾸 자신이 보였다. 그래서 자꾸 응원하게 됐다. 꼭 다온 자신 같아서, 그 애들이 괜찮으면 다온도 괜찮아질 수 있을 것 같아서.

아율과 다온은 밤이 깊도록 이야기를 이어 나갔다. 한 번도 마음 밖으로 꺼낸 적 없었던 이야기를 밤새 속삭였다. 아율이 먼저 잠들고, 다온은 화장실에 가기 위해 병실에서 나갔다가 아율의 새엄마와 마주쳤다. 복도 의자에 불편하게 앉아 졸고 있었다.

"아직 안 가셨어요?"

"아율, 아파서. 괜찮아요."

아줌마는 자신을 가리키며 연신 괜찮다고 말했지만 얼굴엔 피곤함이 가득 묻어 있었다.

"제가 같이 있으니까 들어가셔도 될 것 같아요. 가서 편히 주무세요."

다온의 말에 아줌마는 당황한 것처럼 보였다. 다온은 아직 한국어가 서툴러서 존댓말을 알아듣지 못한다는 아율의 말이 떠올랐다.

"저, 아율이 친구. 그러니까, 가도 괜찮아요."

다온은 자신을 가리키며 천천히 말을 했다. 다온의 말에 아줌마는 알겠다는 듯 웃으며 자신의 가슴에 손을 올리며 말했다.

"나, 아율 엄마. 아율, 내 딸."

아줌마의 수줍은 미소에 다온은 잠시 아무 말도 할 수 없었다. 문득 언니가 자신을 소개할 말을 고르지 못했던 그 골목이 떠올랐다. 다온과 다희에게도 용기가 있었다면 어땠을까. 저렇게 웃음을 지을 수 있었다면 어땠을까. 다온은 아율이 조금 부러워졌다.

"아—."

다온은 아줌마의 곁에 앉아 입을 크게 벌렸다.

"율—."

아줌마는 다온의 입모양을 따라 크게 입을 벌렸다.

"아—요울."

"아—율."

조용한 병원 복도에 아율의 이름이 번졌다. 이름에는 힘이 숨어 있다. 누군가 나의 이름을 불러 주는 것만으로도 존재가 선명해지는 것 같다. 다온은 아줌마가 아율의 이름을 가장 많이 불러 주는 사람이 되면 좋겠다고, 이름을 부르는 일에 망설임이 없었으면 좋겠다고 생각했다.

뜻밖의 손님이 찾아온 건 다음 날 오후였다. 오후 2시가 다 되어갈 무렵 병실로 하나가 찾아왔다. 손에는 과일음료 한 상자가 들려 있었다.

"엄마가 빈손으로 가는 거 아니래."

하나는 쭈뼛거리며 상자를 침대 옆 수납장에 올려두었다.

"뭐야, 너도 입원했어?"

하나가 아율을 발견하곤 손을 흔들었다.

"학교가 벌써 끝났어?"

아율이 물었고, 하나는 민망한 듯 머리를 긁적였다.

"오늘 학교 안 갔어. 나 오늘부터 사춘기거든."

하나의 말에 다온과 아율은 고개를 갸웃거렸다. 하나는 머뭇거렸지만 왠지 어제와 달라 보였다.

"소문 퍼트린 사람…… 성빈이었어. 할머니가 입버릇처럼 나는 자기 친누나가 아니라고 얘기했나 봐. 성빈이는 그걸 자기 친구한테 말했고. 그게 퍼져서 하린이네 동생까지 알게 된 것 같아. 유진이가 아니었어. 제대로 알지도 못하고 의심했어. 미안해……."

하나는 고개를 숙인 채 손톱을 만지작거렸다.

"엄마 아빠한테 다 말했어. 여태까지 한 번도 안 한 얘기들 전부. 할머니 때문에 내가 얼마나 마음 졸이며 지냈는지, 성빈이가 생겨서 내가 버림받을지도 모른다고 생각했던 것까지 전부. 두 분이 날 사랑한다는 건 알아. 근데도 화를 냈어. 처음이었어. 근데, 엄마 아빠도 기다리고 계셨더라고. 내가 그렇게 화를 내길, 멋대로 굴어 주길. 그래서 나, 오늘부터 사춘기야."

"학교 안 가는 건 사춘기가 아니라 양아치 아니야?"

아율의 말에 하나가 웃었다.

"아침에 병원 다녀오느라 안 간 거야. 머리가 너무 아팠거든."

하나는 한결 홀가분해 보였다. 다온은 꼼지락거리는 하나의 손을 잡았다. 손은 잡았지만 서로 얼굴을 마주 보진 못했다.

"……그런 말을 해서 미안해. 진심 아니었어. 진짜가 아니었어."

목이 멨다. 다온은 두 번 다시 그런 말을 입에 담고 싶지 않았
다. 다온은 그 짧은 순간에 하나에게 가장 상처가 될 말을 골랐
다. 무엇이 가장 날카로울지, 무엇에 상대가 가장 고통을 느낄지 고
심했다. 후회해도 소용없었다. 다온은 뱉었고 하나는 들었다. 되
돌릴 수 있는 건 아무것도 없었다. 하나는 아무 대답이 없었다. 다
온은 조금 두려워졌다. 하나에게 지워지지 않을 상처를 준 건 아
닐까, 다온에게 오래도록 남은 그 말들처럼.

"난……."

하나는 더 말을 잇지 못하고 울음을 터트렸다. 다온은 당황했
고, 아율이 휴지를 뽑아 하나에게 건넸다. 하나는 휴지로 두 눈두
덩이를 덮었다. 하나의 어깨가 들썩이기 시작했다. 다온은 갈 곳
잃은 손을 하나의 어깨에 올렸다. 하나의 떨림이 고스란히 느껴
졌다.

조금 진정한 하나는 오렌지주스를 한입에 털어 넣었다. 다온과
아율은 금식인 탓에 괜히 더 목이 탔다.

"내가 먼저 사과했어야 했는데……. 전혀 진심 아니었어. 그럴
일도 절대 없을 거야."

하나가 힘주어 말했다. 결코 일어나지 않을 일이란 걸 강조했
다. 하나의 말이 불안을 전부 잠재워 주진 못했지만 진심이 느껴
졌다. 다온은 말없이 하나와 눈을 맞췄다. 아무 말도 하지 않아도
서로의 마음을 알고 있는 듯했다.

하나는 병실에 한참 동안 있었다. 아이들의 목소리가 커질 때면 커튼 뒤에서 눈치를 주듯 헛기침 소리가 들렸다. 그럴 때마다 셋은 손가락을 입에 갖다 대며 킥킥댔다.

"처음엔 유진이가 내 비밀 다 말해 버릴까 봐 걱정됐었는데, 이젠 그냥 후련해. 원래 나랑 깊숙이 연관된 이야기일수록 가까운 사람한테는 말할 수 없게 되잖아. 거짓말 무덤 덕분에 그런 답답함이 사라졌어. 이제는 고마울 지경이야."

아율의 말에 다온과 하나가 고개를 끄덕였다. 시작은 무모했지만 결국 아이들은 거짓말 무덤에서 위로를 받았다.

"나는 이제 매운 거 좋아하는 척 그만두려고. 아줌마 괴롭히는 짓도……. 밤새 다온이랑 얘기하다 보니 내가 얼마나 쓸데없는 짓을 하고 있는지 알겠더라. 미워하는 건 소용없는 짓이야. 결국 몸만 상해 버렸네."

아율이 장난스럽게 울상을 지었지만 후련해 보였다. 하나가 돌아간 뒤 잠든 아율은 밤이 늦도록 일어나지 않았다.

미움은 일상을 갉아먹는다. 하나가 성빈을 미워하며 가슴 졸였던 것처럼 아율은 새엄마를 미워하며 속이 상했다. 아이들은 누군가를 조금씩 미워하며 자랐다. 그 마음을 표현하는 아이들도 있었고 표현하지 않거나 표현할 수 없는 아이들도 있었다.

네가 미워하는 사람이 없었으면 좋겠어.

엄마는 친아빠에 대해선 아무 얘기도 해 주지 않았다. 이야기를 들려주면 다온이 친아빠를 미워하게 될 거라고 확신했다. 때론 모르는 게 약일 수 있다고, 사실 대부분의 일들이 그렇다고도 덧붙였다. 그러나 다온은 알고 싶었다. 자신에게서 '아빠'의 존재를 빼앗아 간 사람이 어떻게 살아가고 있는지. 무던한 사람인 엄마를 등 돌리게 한 사람은 대체 어떤 사람인지. 다온은 엄마를 닮았는지 아빠를 닮았는지. 하지만 다온이 궁금해하는 것만으로도 엄마가 근심했기에, 다온은 궁금하지 않은 척, 과거에 연연하지 않는 척, 아빠라는 사람은 생각도 안 나는 척했다. 다온과 엄마는 말하지 않음으로써 평화를 지켜 왔지만 그게 옳은 일이었는지 지금은 잘 모르겠다.

친구

아이들이 분주했다. 기말고사 전, 학부모 참관 수업을 준비하기 위해 대청소가 시작되었다. 동아리 활동 시간을 빼앗긴 아이들의 짜증 섞인 목소리가 간간이 들려왔다. 다온이 창문을 닦고 있는데 아율이 옆구리를 간지럽히고 지나갔다. 무사히 퇴원한 다온과 아율은 전보다 더 가까워졌다. 하나는 여전히 소문에 시달렸지만 과장된 이야기에 연연하지 않으려 애썼다. 하나는 서원에게 사과를 했고, 요즘은 다온, 하나, 서원이 함께 점심을 먹었다. 현지는 여전히 하나와 대화하지 않았다. 현지는 하나에게 생각보다 큰 서운함을 느끼고 있는 듯 했다.

"근데 나도 서운해. 가장 친한 친구라서 숨기고 싶었던 건데……."

하나는 현지와 어떻게 풀어야 할지 고민이 많아 보였지만 조언

해 줄 수 있는 게 없었다. 다온은 하나와 현지만큼 친한 사이의 친구를 가져 본 적이 없기에 친한 친구의 마음을 푸는 방법도 알지 못했다. 다온은 지금까지 상대방이 다가오면 가까이 지내고, 상대방이 멀어지고 싶어 하면 멀어졌다. 잡고 싶지도 않았고 잡을 수도 없었다. 원하지 않는 관계를 이어 가는 건 서로에게 상처가 될 것이었다. 그러나 그럼에도 붙잡고 싶은 관계가 있는 것이다. 하나에게 현지처럼 도저히 멀어질 수 없는 관계가.

참관 수업에 다희가 온 건 의외였다. 엄마는 일을 하느라 한 번도 다온의 참관 수업에 온 적이 없었다. 그래서 이따금 할머니가 참석해 주기도 했다. 어차피 참관 수업에 모든 학부모가 다 오지는 않았다. 오늘 참석한 학부모는 열 명 남짓이었는데, 그 가운데 다희가 제일 눈에 띄었다. 학부모들은 임신한 다희에게 알은체하며 덕담을 건넸다. 다희는 웃으며 감사를 전했고 다온과 눈이 마주치자 손을 흔들었다. 다온은 괜히 뿌듯했다. 엄마가 아닌 누군가가 등 뒤에 있는 건 처음이었다. 뒤돌면 다희가 당연하다는 듯 손을 흔드는 게 좋아서 몇 번이나 뒤를 돌아봤다.

"안녕하세요?"

다온은 하나의 부모님께 인사를 했다. 부모님 두 분이 다 오신 건 하나뿐이었다.

"네가 다온이구나? 하나랑 싸웠다던."

하나의 아빠가 장난스럽게 웃으며 속삭였다. 다온은 괜히 얼굴이 달아오르는 것 같았고, 하나가 뾰로통한 표정으로 아저씨의 옆구리를 찔렀다.

"하지 마요. 우리 화해했다니까."

"알지. 언제 집에 놀러 오렴. 맛있는 거 만들어 줄게."

"우리 아빠 요리 잘해."

하나가 조금 우쭐대며 말했다. 다온은 고개를 끄덕였고, 다희도 하나의 부모님과 인사를 나눴다. 그런 모습을 보며 선민 무리가 수군거렸다. 노골적인 시선에 하나도 선민 무리의 시선을 눈치 챘지만 무시했다.

"안녕하세요."

"어? 전에 봤던 친구지?"

복도로 나온 다희에게 유진이 인사하며 다가왔고, 다온은 깜짝 놀라 유진을 밀쳤다. 유진은 넘어지진 않았지만 몇 걸음 뒤로 밀려났다.

"왜 그래?"

다희는 다온의 행동에 놀라 눈이 커다래졌다. 놀란 건 다온도 마찬가지였다. 밀쳐 낼 생각은 없었는데, 몸이 먼저 움직였다. 다온은 유진의 손목을 잡고 교실과 멀어졌다.

"무슨 말 하려고 했어?"

그러지 않으려고 해도 목소리에 날이 서고 눈빛이 날카로워졌다. 불안한 마음이 잠식되지 않았다. 모든 걸 아는 유진이, 괜히 다희를 떠보던 유진이 또다시 다희에게 힌트를 줄까 봐 겁이 났다.

"그냥 인사한 거야. 네가 하나 부모님께 한 것처럼."

유진은 다온을 빤히 쳐다보며 말했다. 다온은 괜히 말문이 막혀 입만 벙긋거렸다. 유진은 무언가 말하려다가 이내 돌아섰다. 다온은 유진에게 사과해야 한다고 생각했지만 도저히 입이 떨어지지 않았다.

집에 돌아온 뒤에도 내내 마음이 불편했다. 거짓말 무덤이 자신에게 위로가 되어 주었음을 인정하면서도 유진을 완전히 믿을 수 없는 게 이상했다. 거짓말을 언니에게 털어놓아야 한다고 생각하면서도 언니가 정말 진실을 알게 될까 봐 두려웠다. 유진에게 고마움을 느끼다가도 끝없이 미워졌다. 마음에 자꾸 바람이 불었다. 다온은 자주 꺾였다. 휘청휘청, 정신을 차리지 못한 채 토요일이 되었다.

다온은 약속 시간보다 일찍 카페에 도착했다. 카페엔 유진이 있었다. 유진은 오늘도 문제집을 풀고 있었다. 다온은 토요일에 만나면 유진에게 사과하겠다고 며칠 동안 생각했다. 유진이 자신의 비밀을 가지고 협박한 건 사실이었지만 거짓말 무덤을 나가지 않는다면 퍼트리지 않겠다고도 여러 번 말했다. 지금 다온은 유진을 믿는 수밖에 없었다.

다온이 유진에게 다가가려는 찰나, 여자애들 몇 명이 갑자기 유진에게 말을 걸었다. 유진은 눈에 띄게 당황하며 허둥거렸고 입술이 새빨간 여자애가 그 모습을 보고 웃었다. 명백한 비웃음이었다.

"아직도 왕따야?"

그 여자애의 말에 옆에 있던 애들이 웃음을 숨기지 않았다. 멀리서 보면 무슨 재밌는 이야기라도 하는 줄 알았을 거다. 다온은 저 사이에 끼어도 될지 망설이던 중 유진과 눈이 마주쳤다. 유진의 얼굴이 창백했다. 표정 변화가 거의 없던 유진에게서 처음 보는 얼굴이었다. 그 얼굴을 보고 다온은 자기도 모르게 유진을 둘러싼 애들을 밀치고 유진의 곁으로 갔다.

"뭐야?"

가까이서 보니 빨간 입술의 인상이 생각보다 더 사나웠다. 얼핏 보면 고등학생처럼 보이기도 했다.

"친구인데."

다온은 떨리는 목소리를 감추기 위해 일부러 더 크게 말했다. 그러다 보니 조금 공격적이었다. 빨간 입술 패거리가 아주 잠깐 주춤하는 듯했지만 이내 코웃음을 쳤다. 빨간 입술이 팔짱을 끼곤 다온을 내려다봤다. 굽 높은 신발을 신고 있어서인지 다온보다 10센티미터는 더 커 보였다.

"친구? 너 얘가 어떤 앤인 줄 알고 그러는 거야? 얘는 정말······."

말이 채 시작되기도 전에 유진이 자리를 박차고 나가 버렸다. 말릴 틈도 없이 가방과 책을 모두 내버려둔 채 사라졌다. 다온은 얼이 빠진 채 카페 문을 바라보다가 이내 정신을 차리고 유진의 짐을 챙기기 시작했다.

"따라가려고?"

빨간 입술이 다온을 잡았다.

"저렇게 입 싼 애랑은 상종하면 안 돼. 네 얘기도 어디서 하고 다닐지 모른다?"

눈빛은 기세등등했고 뭐 대단한 정보라도 준 것마냥 우쭐댔다. 다온은 조심성 없이 손목을 꽉 쥔 그 애의 손이 불쾌했다. 손바닥이 끈적이고 뜨거웠다. 그 애의 입에선 뜨거운 것만 쏟아질 것 같았다. 자신을 화상 입히거나 유진을 화상 입히거나. 다온은 자신을 함부로 잡은 손을 뿌리쳤다. 저렇게 빨간 입에서 어떤 말이 나오는지 궁금한 마음도 약간 들었지만 굳이 듣고 싶지는 않았다. 다온은 그곳을 벗어났다.

유진에게 전화를 세 통 걸었는데 모두 받지 않았다. 감정의 동요가 별로 없는 유진이 그렇게 사색이 된 건 처음 봤다. 다온은 빨간 입술이 유진을 따돌렸던 애라고 짐작했다. 기억을 더듬어 유진의 집에 찾아가 심호흡을 크게 한 번 했다. 오지랖이 너무 넓은가 잠깐 고민했지만 오늘은 유진이 공지한 거짓말 무덤의 오프라인 모임 날이었다. 모임에 모임장이 빠져선 안 될 일이었다. 초인종을 누르자 금방 문이 열렸다.

"누구세요?"

문을 열어 준 건 검은 뿔테 안경을 쓴 유진의 아빠였다. 면도를 하지 않은 듯 턱이 거뭇했다.

"안녕하세요? 저 유진이 친구인데요, 유진이 집에 있나요?"

다온의 말에 아저씨는 짐짓 놀란 표정을 짓더니 집에 있다며 들어오라고 했다. 다온이 들어가자마자 유진이 현관으로 튀어나와 다온을 방으로 데려갔다.

"대체 무슨 일이야? 걔네들 뭔데?"

다온은 방문이 닫히자마자 유진에게 물었다. 유진은 안정을 되찾은 것 같았다. 다온은 재촉하지 않으려 노력했다. 유진은 대답 대신 침대 밑에서 상자 하나를 꺼냈다. 유진은 느릿느릿 상자를 열었고, 그 안에는 몇 장의 사진과 열쇠고리, 편지 같은 잡다한 것들이 있었다. 다온은 사진을 자세히 들여다보았다. 사진 속에는 유진이 어떤 여자애와 팔짱을 끼고 있었다. 여자애는 환하게 웃고 있었고, 그만큼은 아니지만 유진도 작게 웃고 있었다.

"얘가 아까 걔야?"

유진의 대답을 듣지 않아도 알 수 있었다. 카페에서 본 차림새나 분위기와는 전혀 달랐지만 얼굴은 그대로였다. 이렇게 가까이 붙어 사진을 찍을 정도로 친했었는데 그 애는 왜 유진을 비난했을까? 유진은 왜 그 애를 피한 걸까? 감정 없는 로봇처럼 보이던 유진이 웃고 있다. 이렇게 친했던 아이들이 원수처럼 멀어질 수 있다는 걸 다온은 믿고 싶지 않았다.

"제일 친한 친구였어. 근데 멀어졌어. 내 잘못 때문에."

유진은 어렸을 때 부모님이 이혼하고 아빠와 둘이 살았다. 일이 바빴던 아빠는 유진을 신경 쓸 겨를이 없었고 유진은 내성적이고 외로운 아이가 됐다. 그러나 유진은 아빠를 원망한 적이 없었다. 그럴 만한 사정이 유진의 가족에게 있었을 뿐이었다. 유진은 혼자가 익숙했지만 친구를 원하지 않은 건 아니었다. 초등학교 때 처음 가까운 친구를 사귀게 된 유진에게 그 애들은 새로운 세상이었다. 자주 만나고, 서로의 고민을 가감 없이 나누었다. 함께 웃고 이야기하면 남부러울 것 없이 즐거웠다. 그러나 유진은 그런 견고한 관계도 사소한 말 한마디로 무너져 내릴 수 있다는 걸 몰랐다.

어느 날 한 친구가 유진에게 자기 비밀을 털어놓았다. 사실 지난번에 문구점에서 다이어리를 훔친 적이 있다고. 문구점 근처를 지날 때마다 가슴이 무겁게 두근거린다고. 비밀은 날이 갈수록 커지고 무거워진다는 걸 유진은 그때 처음 알았다. 자신에게 비밀을 털어놓는 친구를 보며 유진은 도움이 되고 싶었다. 솔직히 말하고 용서를 구하면 문구점 사장님도 용서해 줄 거라고 생각했다. 그래서 문구점에 갔다. 그 애가 훔친 다이어리는 유진의 용돈으로 구매하기엔 부담스러운 가격이었지만 흔쾌히 지갑을 열었다. 그러나 유진이 사장님에게 자초지종을 털어놓는 순간을 같은 반 아이가 보았고, 유진과 친구의 이름과 함께 도둑질에 관한 소문이 학교에 일파만파 퍼지고 말았다.

비밀을 털어놓은 친구는 유진에게 크게 분노했고, 사과할 기회도 없이 유진은 다시 혼자가 되었다. 비밀을 유포한 죄는 유진을 고립시켰다. 잘못한 친구보다 잘못을 퍼트린 유진이 더 나쁘다고 했다. 손쓸 수 없이 망가져 버린 관계를 유진은 어찌할 줄 몰랐다.

"매일 같이 밥을 먹고, 이곳저곳 놀러 가고⋯⋯. 그렇게 가까웠던 친구들과 한순간에 남보다 못한 사이가 된다는 걸 견딜 수가 없었어. 그래서 다음에는 절대 실수하지 않으려고 했어. 서로의 비밀을 꼭 지켜 주는 관계를 만들고 싶었어. 모두가 비밀이 있다면, 그걸 서로 지키는 관계라면 멀어지지 않는 친구가 될 수 있을 거라고 생각했어."

유진이 씁쓸하게 웃었다.

"다음은 더 잘하고 싶어서, 두 번 다시 멀어지고 싶지 않아서 거짓말 무덤을 만들었어. 전과는 분명 다를 거라고 생각했어."

"왜 지금까지 말하지 않았어?"

유진은 아무 대답도 하지 않았다.

"비겁해."

다온의 말에 유진의 눈이 흔들렸다. 그때 다온의 휴대폰에서 전화벨 소리가 울렸다. 아율이었다.

"거짓말 무덤 친구들에게 솔직히 말해. 우릴 정말 친구로 생각한다면."

다온이 일어나 문을 열고 나가려는데, 아저씨가 문 앞에 서 있어서 하마터면 부딪힐 뻔했다.

"벌써 가려고?"

아저씨는 오렌지주스와 비스킷이 가득 담긴 쟁반을 들고 있었다.

"네, 안녕히 계세요."

다온은 인사를 한 후 운동화를 신었다. 아저씨는 현관까지 따라 나와 다온을 배웅했다.

"또 놀러 오렴."

다온은 얼결에 고개를 끄덕이며 아저씨는 유진과 전혀 닮은 것 같지 않다고 생각했다. 아저씨는 삐걱거리는 로봇 같았다. 다온은 유진을 기다리지 않고 나왔다. 다온의 걸음이 평소보다 빨랐다. 다온은 조금 화가 났다. 유진에게 화가 난 건지, 사진 속 그 애들에게 화가 난 것인지 확신할 수 없었다.

카페에는 아율과 빛나, 하나가 있었다. 빛나와 하나는 아직도 어색해 보였다. 다온은 유진이 올지 안 올지 모르겠다고 말했다.

"저기 뒤에 오는데?"

하나가 가리킨 방향에서 유진이 걸어오고 있었다.

"저럴 거면 같이 올 것이지."

다온은 헛웃음이 났다. 유진의 행동은 대체로 이해할 수 없었다. 처음 봤을 때부터 그랬다. 유진은 조용했고 딱딱했다. 몇몇 애들이 고지식한 유진을 답답하다고 말할 때도 있었지만 다온은 유진의 그런 면이 나쁘지 않다고 생각했다. 유진은 언제나 자기만의 기둥이 있었던 것 같다. 그리고 그 기둥이 부서지지 않게 혼자서 애를 썼다. 설사 그것이 잘못된 일일지라도. 다온은 유진의 기둥이 거짓말 무덤으로 인해 무너지면 좋겠다고 생각했다. 그런 기둥 없이도, 그런 안전장치 없이도 친구가 될 수 있다는 걸 유진이 알았으면 좋겠다고.

유진은 차분히 자신의 이야기를 했다. 차분했지만 자주 손가락을 꼼지락거렸고 머리카락을 만졌다.

"나는 뭐든 잘 봤어. 보고 싶지 않은 것도, 듣고 싶지 않은 것도 이상하게 다 알게 되었어. 전에는 그게 너무 싫었는데, 어느 순간 그걸 이용하면 좋을 것 같다는 생각이 들었어. 그래서 거짓말 무덤을 만들기로 결심했고……. 잘못됐다는 거 알아. 내가 이상하다는 것도 알아. 나는 그저 친구가 갖고 싶었어. 두 번 다시 멀어질 걱정 없는 친구를 정말 갖고 싶었어……."

유진은 고개를 숙였다. 다온은 유진을 이해하기도, 이해할 수 없기도 했다. 친구를 사귀는 일은 다온에게도 어려웠다. 책이나 드라마를 보면 친구는 서로의 못난 부분까지도 감싸 주는 존재라는데, 다온은 남들과 다른 점, 자신의 약점을 숨겨야 한다고만 생각해 왔다. 누군가에게 자기 이야기를 하는 게 어렵게만 느껴졌다. 이해받지 못할 것 같았다. 그래서 다온은 친구가 없어도 괜찮다고, 외롭지 않다고 애써 생각하곤 했다.

"나는 거짓말 무덤을 나갈 거야."

유진의 말이 끝나자 아율이 말했다. 유진은 아율을 말리지도, 회유하지도 않았다. 비밀을 인질 삼던 모습은 온데간데없었다. 입을 꾹 다문 채 고개 숙일 뿐이었다. 잠시 동안 아이들은 모두 아무 말도 하지 않았다. 무거운 침묵이 어깨를 짓누르는 것만 같았지만 아무도 먼저 일어나지 않았다. 카페에선 얼마 전 데뷔한 아이돌의 노래가 끊임없이 흘러나오고 있었다. 영어와 한국어를 복잡하게 섞은 가사 때문에 알아들을 수 없었다.

"새 단톡방을 만들자. 별명이 아니라 진짜 이름으로."

아율의 말에 유진이 고개를 들었다. 무슨 의미인지 단번에 이해하지 못하는 듯했다.

"서로 비밀을 쥐고 있어야 유지되는 관계가 아니라, 그런 거 없이도 이해해 주고 함께 있어 주는 친구가 되자는 말이야."

"난 좋아."

다온이 먼저 대답했고 그다음엔 하나가 대답했다. 아이들은 빛나의 대답을 기다렸지만 빛나는 대답 대신 울음을 터트렸다. 모두가 어리둥절해 허둥대며 빛나를 달랬다. 빛나에게 휴지를 가져다주고 울음을 멈출 때까지 기다렸다. 빛나는 쉽게 진정하지 못했다. 당황한 건 유진도 마찬가지였다. 유진은 뚝딱거리며 빛나의 어깨를 토닥였다. 그 모습에 다온은 괜히 유진의 아빠가 떠올라

웃음이 나올 것 같아 고개를 돌렸다.

빛나는 진정을 다 하지 못한 채 더듬더듬 말하기 시작했다.

"이선민 케이크 먹은 거…… 나야."

빛나의 말에 모두의 시선이 하나에게로 모였다. 하나의 얼굴엔 당혹감이 드리웠다.

"내가 훔쳐 먹었어. 그날 너무 배가 고파서……. 일이 이렇게까지 커질 줄은 몰랐어. 그래서 내가 아닌 척했어. 정말 미안해……."

빛나의 울음 섞인 목소리가 시끄러운 노랫소리에 흩어졌다. 다온은 당장 저 알아들을 수 없는 노래를 꺼 버리고 싶다가도 노래가 꺼지면 영원히 침묵만 이어지면 어쩌지, 하는 걱정이 들었다. 하나는 아무 말도 하지 않았다. 아무 말도 할 수 없는 건 아이들도 마찬가지였다.

"내일 학교에 가면 이선민한테 사실대로 말할게. 진즉에 그랬어야 했는데 미안해. 내가 그때 솔직하게 얘기했으면 그런 소문 날 일도 없었을 텐데……. 내가 입 다물고 있는 바람에 네가 그런 말을, 그런 소문을……."

빛나의 목소리가 사정없이 떨렸고 하나는 여전히 말이 없었다. 아이들은 어떻게 해야 할지, 아니 할 수 있는 일이 있는지도 알지 못했다. 다온은 친구간의 화해가 어떻게 이루어지는지 몰랐다. 다온에겐 싸우고 화해를 할 만큼 친한 친구가 없었다. 멀어지면 멀어지는 거였다. 어쩔 수 없는 일이라고 생각했다. 하지만 빛나는 더 멀어지지 않기 위해 하나에게 말했다. 어쩌면 영원히 숨길 수도 있는 일을 말하고 있다.

"……그걸 왜 지금 말해?"

내내 조용하던 하나가 입을 열었다.

"이제 다 끝났으니까, 그래서 지금에야 말하는 거야?"

하나는 빛나를 탓하는 듯했다. 하나가 겪은 일은 결코 겪고 싶지 않았을 일이었다. 가장 친한 친구인 현지에게도 알리고 싶지 않았던 이야기가, 너무도 당황스럽게, 악의적으로 퍼지고 말았다. 옆 반 아이의 생일 케이크를 몰래 훔쳐 먹은 빛나의 잘못은 친구의 비밀을 최악의 방식으로 폭로시키는 것으로 번지고 말았다. 빛나의 의지와는 상관없이 그렇게 된 일이었다.

"아니야. 용기가 없었어. 나는 계속 겁쟁이였어. 집에서도, 학교에서도. 아무 말도 하지 않으면 다 지나간다고 생각했어. 근데 아니잖아. 나 때문에 네가 상처받았어. 전부 내 탓이야. 더 빨리 말하지 않은 걸 후회해. 널 힘들게 해서 미안해. 정말 미안해……."

"나 먼저 가 볼게."

하나가 먼저 일어났다. 하나가 카페를 나가는 동안 아무도 하나를 붙잡지 못했다. 다만 빛나가 일어날 때까지 곁을 지켰다.

집에 도착했을 때는 해가 다 지고 난 후였다. 다온은 다희와의 산책도 내일로 미루고 침대에 엎어졌다. 너무 많은 일이 한꺼번에 몰아닥쳤다. 그런데 해결할 수 있는 일은 하나도 없었다. 다온은 유진과 진짜 친구가 되었다고 생각했다. 자신의 마음을 솔직하게 털어놓으면 진짜가 될 수 있다고 믿었다. 다온은 다희를 떠올렸다. 언니에겐 싫은 소리 한 번 해 본 적이 없었다. 언니가 혹여나 자신을 귀찮아할까 봐 고집을 피운 적도 없었다. 그럼 다온은 다희에게 진짜일까. 머리가 아팠다. 지금은 그냥 곧장 잠이 들기를, 그리고 아침이 될 때까지 깨지 않기만을 바랄 뿐이었다.

하나

하나. 둘도 아니고 셋도 아닌 '하나'.

하나의 부모님이 그토록 원하던 단 한 명의 자식. 하나는 자신이 그들에게 영원히 '하나'일 거라고 믿어 의심치 않았다. 자신에게도 가족이 생겨서, 영원한 내 편이 생겼다는 사실에 들떠서 의심할 겨를이 없었다. 그러나 성빈이 태어났을 때 그 믿음은 사라졌다. 하나는 더 이상 '하나'가 아니었다. 아니, 동생이 부모님의 진짜 '하나'라고 느껴졌다. 하나의 상실감은 다른 첫째들이 겪는 소외감과는 달랐다. 자신이 받던 사랑이 둘로 나눠지는 게 아니라 한 방울의 사랑도 남김없이 빼앗긴 것 같았다. 하지만 한편으로는 애초에 그 사랑이 자신의 것이 아니었다고 생각했으므로 빼앗겼다고 말해도 되는 것인지 고민됐다. 원래부터 자기 것이 아니었다고 생각하면 차라리 편했다. 하나는 그때부터 모든 걸 의심하기 시작했다. 자신이 하나뿐인 자식이라고 말했던 부모님의 말이 거짓처럼 느껴졌다. 자신이 받고 있는 사랑이 진짜인지 끊임없이 의심해야 했다.

의심은 때론 병이 되었다. 친구를 사귈 때도 많은 걸 의심했다. 자신에 대해 이야기할 때도 언제나 조심했다. 그런데 현지는 달랐다. 현지 앞에선 성빈에 대해서도 술술 이야기하게 됐다. 현지는 착하고 이해심이 깊었다. 하지만 입양되었다는 사실을 말하는 건 상상하고 싶지 않은 일이었다. 혹시라도 현지가 자신을 이전과 다르게 대하게 될까 봐 두려웠다. 하나는 현지에게 그냥 계속 평범한 친구이고 싶었다.

선민 무리가 다짜고짜 하나를 케이크 도둑으로 몰며 하나의 입양 사실을 말했을 때, 하나는 거짓말 무덤을 의심할 수밖에 없었다. 그 익명의 공간 말고는 자신의 비밀을 말한 적이 단 한 번도 없었기 때문이었다. 그 뒤론 예상할 수 없는 일이 연속으로 일어났다. 현지가 자신을 피했다. 비밀이 폭로된 날엔 하나가 현지를 피했지만 그 다음 날부턴 현지가 하나를 피했다. 하나는 현지의 반응이 두려워서 먼저 말을 걸 생각도 하지 못했다. 서로 비밀을 만들지 말자고 약속했던 둘이었다. 지난 몇 주간 머리가 터져 버릴 것만 같았다. 자신을 보며 수군대는 애들과 자신을 보지 않는 현지 때문에 소문을 낸 범인을 찾는 것에 더욱 집착했는지도 모른다.

다온과 몸싸움을 한 날, 하나는 처음으로 부모님에게 마음을 털어놓았다.

"엄마 아빠가 나를 사랑하지 않을까 봐 무서워요. 내가 다시 남이 될까 봐 걱정돼요."

하나의 부모님은 충격을 받았다. 그저 착한 딸, 착한 누나였던 하나의 마음이 그 정도로 상처 입었을 줄은 모르고 있었다.

"성빈이가 너무 미워."

한 번 풀어진 비밀 주머니에선 너무 많은 것이 쏟아졌다. 하나는 말을 멈출 수 없었다. 옆에서 듣고 있던 할머니는 기가 찬다고 했다.

"복에 겨웠지. 염치가 없어도 유분수지!"

할머니가 자주 하는 말이었다. 하나가 사랑을 받으면 그건 언제나 복에 겨운 일이었다. 생일 파티를 해도, 가족 여행을 가도, 삼촌에게 용돈을 받아도 그랬다. 할머니의 싸늘한 말과 시선이 비수가 되어 날아왔지만 하나는 가만히 듣고만 있었다. 자신이 복에 겨운 것도, 이런 말을 하는 게 염치가 없는 것도 맞다고 생각했다.

"그만 좀 하세요!"

아빠가 할머니에게 소리쳤다. 하나는 아빠가 그렇게 큰 소리를 낼 수 있는 사람인 줄 몰랐다. 아빠의 호통에 할머니는 당황한 표정이 되었다. 아빠는 화가 난 사람처럼 얼굴이 달아올랐다.

"제발 그런 소리 좀 하지 마세요. 복에 겨웠다니요? 제 딸이 염치를 왜 챙깁니까? 대체 언제까지 그러실 거예요!"

할머니는 말문이 막힌 듯 입을 벌리곤 아무 말도 하지 못했다. 아빠는 할머니에게 고분고분한 아들이었다. 할머니가 아빠를 힘들게 키웠다는 말은 귀에 딱지가 앉도록 들어 온 이야기였고, 그래서 하나는 아빠와 삼촌들이 할머니에게 유독 약하다는 걸 알았다.

"하나한테 계속 이런 식으로 하실 거면 가세요. 성빈이도 볼 생각 마시고요."

"뭐야? 내가 내 손주를 왜 못 봐?"

"하나도 성빈이도 똑같이 제 자식이고 어머니 손주예요. 어머니가 하나 차별하는 거 몰라서 가만히 있던 거 아니에요. 시간이 지나면 나아지실 줄 알았어요. 근데 더 기다리다간 제 딸 마음 다 상하겠어요. 더 이상은 안 참습니다."

그날 저녁 할머니는 자신의 집으로 돌아갔다. 성빈은 할머니와 떨어지기 싫다고 울며 떼를 썼지만 엄마 아빠는 성빈의 떼를 받아 주지 않았다. 성빈이 지쳐 잠들었을 때, 엄마 아빠가 하나의 방문을 두드렸다. 하나는 그러고 싶지 않았지만 부모님이 방에 들어오자마자 눈물이 쏟아지고 말았다. 더 이상 괜찮다고 할 힘이 남아 있지 않았다. 엄마는 하나를 안아 줬고 아빠는 등을 토닥였다. 그렇게 한참을 울었다.

"하나야, 엄마 아빠가 미안해. 하나가 그런 마음 들게 해서 미안해. 하지만 절대 그럴 일 없어. 우리가 하나랑 멀어지는 일은 절대 일어나지 않아. 걱정하지 마. 그런 생각, 절대 하지 마."

엄마의 목소리가 가늘게 떨렸다. 눈시울이 붉어졌지만 울지 않으려 애쓰고 있었다.

"응, 안 할게. 절대 안 할게. 성빈이 미워해서 죄송해요. 이제 안 미워할게요."

"아니야. 미워해도 돼. 원래 남매는 싸우면서 크는 거야. 엄마도 외삼촌이랑 엄청 싸우면서 컸어."

"난…… 그러면 안 되잖아요."

하나의 말에 엄마는 결국 울음을 토해 내고 말았다.

"하나야, 그런 생각은 하지 마. 엄마 아빠는 그게 너무 속상해. 안 되는 게 어디 있어. 하나는 뭐든 할 수 있어. 미워하는 것도, 좋아하는 것도 전부 하나 마음대로 할 수 있어."

아빠가 말했다. 성빈이 태어나고 나서 하나는 자신의 마음대로 할 수 있는 일이 모두 사라진 것만 같았다. 그저 착한 누나가 되는 것이 새로 생긴 규칙이라고 생각했다. 할머니가 말했던 것처럼 규칙을 따르는 것이 자신의 염치였으니까.

"조금 더 빨리 말해 주지. 더 빨리 알아주지……."

눈물이 났다. 하나는 눈물이 나면 언제나 숨기기에 급급했다. 눈물은 약점이었고 진심이었다. 슬프다는 것도, 화가 난다는 것도 숨기고만 싶었다. 부모님에게는 언제나 좋은 모습만 보이고 싶었다. 엄마 아빠가 바라던 딸이 되고 싶었다.

"엄마 아빠도 미워요. 진짜 미워요…….."

상상도 하지 못했던 말이 입 밖으로 흘러나왔다. 엄마 아빠는 눈물을 흘렸지만 기쁜 것 같기도 했다. 하나는 계속 밉다고 말했지만 그 말 안에는 사랑이 가득했다.

그날 밤, 하나는 현지에게 전화를 걸었다. 받지 않을까 봐 마음 졸였지만 현지가 곧장 받아 버려서 오히려 당황했다. 현지의 목소리가 가라앉아 있어서 무서운 기분이 들었다. 현지의 마음이 이미 나와 멀어지기로 결정했으면 어쩌지, 하는 생각이 자꾸 하나의 말문을 막히게 했다. 하지만 말해야 했다. 하나는 현지가 계속 자신의 친구이기를 바랐으니까.

"더 늦으면 안 될 것 같았어. 애들이 수군대는 것처럼 혹시나 너도 나를……."

"야!"

하나는 현지의 큰 목소리에 깜짝 놀라 휴대폰을 귀에서 떨어트렸다.

"미쳤냐? 나를 뭘로 보고."

"아, 아니. 그게 아니라…….."

현지가 화가 나 씩씩거렸다.

"그런 건 하나도 상관없어. 나도 너한테 전화할까 몇 번이나 생

168

각했는데, 근데…… 솔직히 서운했어. 전부터 뭔가 나한테 얘기 안 하는 게 있는 것 같긴 했는데……. 남의 입으로 듣게 돼서 당황하기도 했고. 나는 너랑 제일 친한 친구라고 생각했으니까, 서로 비밀을 만들지 않기로 약속했으니까 고민 있으면 너한테 전부 말했는데, 정작 나는 너한테 마음을 털어놓을 만큼 의지가 되지 않는 친구인가 싶고, 그런 생각이 드니까 속상하고……. 그래서 먼저 연락 못 했어. 미안……."

"네가 왜 미안해. 내가 미안하지."

하나와 현지는 잠깐 동안 아무 말도 하지 않았다. 그러나 서로가 무슨 말을 하고 있는지 잘 알았다. 솔직하게 털어놓는 것은 늘 힘이 들었다. 그랬다가 미움을 받으면 어쩌지, 고민하는 시간이 너무 길어서 솔직함을 숨기는 일이 반복됐다. 그러나 솔직함은 거짓말보다 더 힘이 셌다. 이제야 마음에 평온이 찾아왔다. 모든 게 제자리로, 하나가 그토록 원하던 평범함으로 돌아가는 것만 같았다. 그렇게 믿었다.

한 뼘 사이

거짓말 무덤 모임 후 빛나가 집으로 돌아갔을 때, 엄마가 식탁 앞에 앉아 있었다. 빛나는 신발을 벗고 곧장 방으로 들어갔다. 가방을 내려놓자마자 엄마가 방문을 벌컥 열어젖혔다. 익숙한 소란이었다.

"강빛나, 콩쿨이 코앞인데 레슨을 빠져? 너 이번 콩쿨이 얼마나 중요한지 몰라? 그 레슨이 얼마짜리인지 알아, 몰라?"

"몸이 안 좋아서 그랬어. 이제 안 빠질게."

목소리에 힘이 들어가지 않았다. 아까 카페에서 마신 커피 한 잔 외에는 하루 종일 아무것도 먹지 못했다. 머리가 어지러웠고 바닥이 푹신하게 느껴졌다. 정신을 차려 보니 냉장고 앞이었다. 빛나는 냉장고 문을 열어 둔 채 입안 가득 토마토를 욱여넣고 우물거렸다.

"지금 토마토가 넘어가니?"

빛나는 엄마의 비아냥거림에도 씹는 걸 멈추지 않았다. 씹는 것. 요즘 빛나에게 가장 행복한 순간이었다. 씹지 않으면 죽을 것 같았다. 그러나 마구 씹어 먹은 뒤엔 토를 해야 했다. 초등학생 때와 다르게 아무리 연습을 하고 땀을 흘려도 자꾸 살이 붙었다. 가끔 빛나의 마른 몸을 걱정하는 사람들도 있었지만 빛나에게는 들리지 않았다. 몸이 무거워지면 동작이 둔해졌고 레슨 선생님에게 늘 지적을 받았다. 스트레스의 반복이었다. 딱 한 달만, 아니 일주일만이라도 쉴 수 있다면 더 이상 아무것도 바라지 않을 수 있을 것 같았다. 자기 전 머리맡에 발레 슈즈를 두고 꿈에서도 턴을 하던 강빛나는 사라진 것만 같았다.

내가 발레를 왜 한다고 했지. 이렇게 힘든데. 이렇게 고통스러운데.

빛나는 자주 공책 구석에 글을 썼다. 그리곤 찢어 버렸다. 그렇게라도 하지 않으면 견딜 수 없었다. 빛나는 엄마를 봤다. 엄마의 얼굴이 며칠 못 잔 사람처럼 푸석했다. 식탁 위에는 예술 고등학교 입시 설명서와 공과금 고지서가 뒤섞여 있었다. 머리가 아팠다. 잠을 자고 싶었다. 잠만 자고 싶었다.

하나에게 끝까지 숨길 수도 있었다. 선민의 케이크를 먹은 건 말 그대로 충동이었다. 그러지 말아야 한다는 생각이 케이크를 꺼낼 때까지도 강하게 들었지만 한입 먹고 나니 다 사라졌다. 케이크를 모조리 해치울 때까지 머릿속은 고요했다. 그렇게 조용할 수 없었다. 그 큰 케이크를 해치우는 데 십 분도 채 걸리지 않았다. 빈 상자를 보고 나서야 정신이 돌아왔다. 빛나는 케이크 상자를 화장실에 버려 두고 나왔다.

그 일이 이렇게 커질 줄 상상도 못 했다. 선민 무리가 하나를 범인으로 몰아세울 줄은, 하나가 '쿠쿠'였을 줄은 정말 상상도 못 했다. 하나와 선민 무리의 대화가 이어질수록 빛나의 속이 울렁거렸다. 금방이라도 모든 걸 토해 낼 것만 같았다. 하린이 하나에 대해 함부로 이야기할 때도 빛나는 무엇도 되돌릴 수 없었다. 목구멍을 꽉 막고 있는 케이크를 다 토해 내는 것 말곤 아무것도 할 수 없었다.

하나를 제대로 볼 수 없었다. 다른 사람을 의심하는 하나를 도울 수도 없었다. 유진이 억울하게 의심받았지만 나설 수 없었다. 입만 다물면, 그냥 가만히 있으면, 자신에겐 아무 문제가 없을지도 모른다고 생각했다. 그러나 그러면 안 된다는 생각이 동시에 빛나를 괴롭혔다. 고민하는 사이 너무 많은 일이 벌어져 버렸다. 조금 더 빨리 말했다면……. 조금 더 빨리 솔직했더라면……. 그럼 다온이 하나와 싸울 일도, 유진이 억울하게 의심받을 일도, 하나의 비밀이 퍼질 일도 없었을 텐데. 아니, 애초에 여태 억지로 발레를 하고 있지 않아도 되었을 텐데…….

빛나의 고백에 하나는 창백하게 질려 버렸다. 빛나는 하나를 차마 쳐다볼 수 없었다. 모든 일의 원흉이 자신이라는 사실을 빛나

자신조차도 믿고 싶지 않았는데 하나는 어떤 기분일까.

하나에게 연락이 왔을 때, 빛나는 깜짝 놀라 휴대폰을 떨어트렸다. 하나가 먼저 가 버린 후로 계속 마음이 울렁거렸는데, 하나의 연락을 받고 나선 아까 먹은 토마토들이 곧장 쏟아질 것만 같았다.

> **김하나** 희망 도서관 앞으로 잠깐 나올래?

빛나는 빠르게 그러겠다고 답장을 보낸 후 옷을 갈아입었다. 하나가 무슨 말을 할지 상상도 가지 않았다. 다만 하나가 자신과 대화하고 싶어 한다는 사실에 마음이 조금 놓일 뿐이었다. 거실은 조용했다. 아빠는 이미 잠들었고 엄마도 불을 켠 채 잠이 든 것 같았다. 빛나는 최대한 조용히 현관문을 나섰다.

도서관 앞 벤치에 하나가 앉아 있었다. 하나가 보이자마자 빛나의 심장이 마구 뛰었다.

"왔어?"

하나가 빛나를 발견하곤 인사를 건넸다. 빛나는 쭈뼛쭈뼛 하나의 옆에 앉았다.

"먼저 연락해 줄 줄은 몰랐어. 그것도 오늘……."

빛나는 괜히 손톱 끝을 틱틱거렸다. 가만히 있기가 어려웠다. 하나가 무슨 말을 해도 다 이해하겠다고 다짐했지만 두려운 마음이 드는 것도 사실이었다. 하나는 다온의 머리카락을 한 움큼 뜯어낸 이력이 있었다. 빛나는 괜히 몸이 움츠러드는 것 같았다.

"아까는 당황해서 그냥 가 버렸어."

하나가 먼저 입을 열었다. 초여름의 저녁은 아직 쌀쌀하기만 했다.

"사실…… 너일지도 모른다고 생각은 했었어."

빛나는 깜짝 놀라 하나를 쳐다봤다. 하나의 표정을 읽을 수 없었다. 교실에서 보던 하나 같지 않았다. 뭔가 더 고요하고 단단해 보였다.

"어, 어떻게?"

"나, 저번에 3층 화장실에서 네가 억지로 토하는 거 봤거든. 음식 절제 못 하는 거 같다고도 생각했고."

"근데 왜 날 의심하지 않았어?"

빛나의 말에 하나가 작게 한숨을 내쉬었다.

"그땐 너무 정신이 없어서 더 깊이 생각을 못 하기도 했고, 말해도 아무도 믿어 주지 않을 것 같았거든. 너인 것 같다고 애들한테 말하려면 네가 폭식하고 먹토하는 얘기도 꺼내야 할 텐데, 그러기도 싫었고. 역시 남의 비밀을 아는 건 힘들어. 그래서 거짓말 무덤이 익명인 게 좋았는데."

하나가 조금 웃었다.

"얼마 전까진 범인 찾으면 진짜 가만 안 두겠다고 생각했거든?

근데 지금은 아니야. 나는 내 비밀을 가장 친한 친구한테도 얘기 안 했어. 내가 입양된 게 남들과는 너무 다르다고 생각했거든. 그래서 내 마음 같은 건 꽁꽁 숨기기만 했어. 들키지 않으면 그만이라고 생각했지. 부모님한테도 그랬어. 근데 이번 일로 솔직하게 말하는 방법을 알게 됐어. 솔직한 게 거짓말하는 것보다 어렵지만……그래도 마음이 훨씬 편하더라. 좋게 생각하면 네 덕분이지."

"아니야. 네가 듣지 않아도 될 말을 너무 많이 들었어. 나 때문에……."

빛나는 더 말을 잇지 못했다. 어떤 말을 해도 하나를 기만하는 것 같았다. 모든 사건의 원흉이 자신이라는 사실은 변하지 않았다.

"내일 선민이한테 사실대로 말할게. 네가 걔한테 꼭 사과 받을 수 있게 할게."

선민에게 말하면 빛나가 선민의 케이크를 훔쳐 먹었다는 사실이 하루도 채 되지 않아 온 학교에 퍼지게 될 것이다. 선민과 하린은 소문을 정말 좋아했다. 그런 모습은 정말 보기 싫었지만 말해야 했다. 그런다고 해서 하나의 상처를 되돌릴 순 없겠지만 최소한 잘못을 바로잡아야 했다.

"그러지 말라고 오늘 보자고 한 거야. 선민이 걔, 하린이 앞세워서 할 말, 못할 말 안 가리고 하는데, 그 꼴 보기 싫어."

"하지만 계속 의심 받고 있잖아."

"케이크? 그건 신경 안 써. 어차피 너도 먹고 다 토했을 거 아니야. 안 먹은 거나 마찬가지지, 뭐. 그리고 이제 슬슬 관심도 시들시들해졌잖아. 근데 네가 지금 고백하면 더 시끄러워질 거야. 그럼 내 얘기가 또 나올 테고. 그게 더 싫어."

"하지만……."

빛나는 하나가 이해되지 않았다. 그토록 눈에 불을 켜고 찾았던 범인이 눈앞에 있다. 그 범인이 이제야 겨우 사실대로 말하는데 왜 자수를 말리는 걸까.

"다 이유가 있었다는 생각이 들더라. 우리가 거짓말 무덤에서 만나게 된 것도, 네 거짓말 때문에 소문이 난 것도, 그래서 내가 부모님께 솔직해질 수 있었던 것도. 그냥, 그렇게 생각하기로 했어. 그리고 나는 이선민보다 네가 좋거든. 그러니까 우리 개 좋은 일 하지 말자."

하나가 킥킥거렸다. 아까까지만 해도 빠르게 쿵쾅거리던 빛나의 심장이 원래의 박자대로 돌아오고 울렁거림이 잦아들었다. 하나는 며칠 새에 다른 사람이 된 것 같았다. 비밀을 털어놓았기 때문일까? 아직도 하나의 마음을 다 이해하지 못했지만 교실에서 서로에게 날카로웠던 순간이 더 이상 기억나지 않는 것 같았다.

"근데 너 말이야. 먹고 토하는 거……, 병인 거 알지? 위랑 식도에 엄청 안 좋다고 하던데."

"나도 알아……. 근데 조절이 안 돼. 먹을 게 보이면 막 먹고 싶어지고, 먹으면 살이 찌는 게 무서워서 토하게 돼."

"너희 엄마는 모르시지?"

"응."

엄마가 알게 된다고 해도 달라지는 건 없다. 오히려 노력한다며 칭찬할지도 모를 일이다. 엄마는 최고의 발레리나가 되기 위해선 감당해야 하는 것들이 많다고 말했다. 유명 발레리나의 식단을 보고 그대로 따라 하기도 했다. 성장기인 빛나에겐 독이나 마찬가지였지만 엄마는 중학교 2학년 딸이 아니라 세기의 발레리나가 될 딸을 키우고 있었다. 빛나에겐 너무도 힘에 부치는 양육 방식이었다.

"네 마음을 솔직하게 말하는 게 제일 중요하다고 생각해. 뭐가 됐든."

하나가 빛나의 손등에 손을 잠시 올렸다가 뗐다. 쌀쌀한 날씨에도 하나의 손은 따뜻했다.

"끝까지 숨기려면 숨길 수 있었다는 거 알아. 말해 줘서 고마워."

하나의 말에 빛나는 눈물이 왈칵 쏟아질 것만 같았다. 비밀이라는 건 뭘까. 비밀은 서로를 아주 멀리 떨어트려 놓기도 하지만 아주 가깝게 붙여 놓기도 한다. 비밀을 공유한다는 건 서로의 약점을 쥐고 있는 일이라던 유진의 말이 조금은 이해가 됐다. 서로의 약점을 보살펴 주는 것. 유진이 원했던 게 이런 것이었을까. 빛나는 하나와 아주 멀리 있다고 생각했는데 그 간격은 한 뼘이 채 되지 않았다.

고백

　다음 날, 하나가 새로 단톡방을 만들었다. 빛나까지 초대되어 모두가 놀란 눈치였다. 하나는 빛나와 화해했다고 설명해 주었고, 아이들은 더 이상 익명의 힘을 빌리지 않기로 했다. 다온은 다희에게 진실을 고백하기로 마음먹었다. 지금까지 다희를 위해 거짓말을 했다고 여겨 왔지만 사실 다희와 더 가까워지기 위해 태몽을 이용했다. 언니에게도, 자기 자신에게도 솔직해지고 싶었다.

> **유다온** 그런데 언니가 너무 충격을 받을까 봐 걱정이야. 안 좋은 영향이라도 끼치면 어쩌지?

> **이아율** 처음엔 놀라겠지만 괜찮지 않을까? 이미 안정기도 훨씬 지났다며.

유다온 안정기 지나도 유산될 수 있대.

김하나 그럼 아기가 태어나고 그때 고백하는 건?

유다온 그게 제일 좋긴 한데……. 지금 말하지 않으면 나쁜 일이 생길 것만 같다는 생각이 괜히 자꾸 들어. 나는 거짓말하면 늘 그랬거든.

남유진 언니는 유산했던 게 태몽을 꾸지 않았기 때문이라고 생각한댔지? 태몽 없이 태어나서 잘 자란 사람을 언니에게 보여 주면 어때? 그럼 언니 마음도 편하지 않을까 싶은데.

이아율 오, 괜찮다. 그럼 언니도 덜 불안할 것 같아.

김하나 근데 태몽 없이 태어난 사람을 어디서 찾아?

남유진 찾아봐야지.

　다온은 언니의 불안을 잠재울 수 있다면 뭐든 할 수 있었다. 여전히 언니에게 진실을 고백하는 것이 최선의 방법인지는 확신할 수 없었지만 왠지 용기가 생겼다. 언니에게 미움받는 게 전보다 두렵지 않았다. 다온은 언니에게 미움받더라도 마음 졸이지 않고 찰떡이를 기다리고 싶어졌다.

강빛나 나 태몽 없는데?

유다온 진짜? 부모님이 기억 못 하시는 건 아니고?

강빛나 진짜야. 나도 예전에 궁금해서 물어본 적 있는데 아무도 안 꿨대.

김하나 너희 부모님은 불안해하시진 않았대?

강빛나 그냥 뭐, 안 꾸는 애기들도 꽤 있다던데?

빛나의 심드렁한 대답에도 다온의 심장이 빠르게 뛰었다. 다희가 태몽에 지나치게 얽매이는 건 유산에 대한 두려움 때문이니까, 백 마디 말보다 태몽 없이 태어난 아이가 잘 자란 모습을 보여 준다면 마음을 가라앉히는 데에 도움이 될 거라고 생각했다.

유다온 빛나야, 혹시 나랑 같이 언니에게 가 줄 수 있을까?

강빛나 당분간은 콩쿨이 코앞이라 시간이 안 될 것 같아. 토요일에 레슨 빼먹은 것 때문에 엄마 난리 났거든. 예고 입시에 되게 중요한 콩쿨이랬는데……. 솔직히 입상할 자신도 없고 지금은 예고에 가고 싶은 마음도 없지만, 그래도 콩쿨 끝날 때까지는 집중해야 돼. 그 후엔 괜찮아.

다온은 왠지 빛나를 응원하고 싶어졌다. 빛나는 말은 지겹다고만 해도 어렸을 때부터 대회 입상 경력이 화려했다. 예술 특기생이란 말이 가장 잘 어울리는 애일지도 모른다고 다온은 늘 생각했다.

유다온 혹시 콩쿨 때 보러 가도 돼? 나 한 번도 발레 본 적 없거든.

강빛나 상관없어. 근데 너무 기대하지는 마.

아이들은 다 같이 빛나의 콩쿨을 응원하러 가기로 했다. 빛나는 부끄러워했지만 그럴수록 더 응원하고 싶어졌다. 다온도 콩쿨을 기다리며 덩달아 긴장이 되었다. 콩쿨이 끝나면 다희에게 진실을 털어놓기로 했으니까. 다희는 다온을 미워하게 될까. 아빠는 어떨까. 다온을 이해해 줄까. 다희와 가까워지기 위해 다희의 가장 큰 불안을 이용한 다온을 용서해 줄까. 너무나 많은 질문이 다온의 머릿속을 가득 채웠지만 더 이상 생각하고 싶지 않았다. 이런 고민을 하고 있다는 것 자체로 다온의 마음이 헛헛해졌다. 가족은 누가 잘못했다고 해서 돌아서지 않는다. 거짓말을 하면 크게 혼내면서도 자신의 손을 꽉 잡고 있던 엄마처럼. 언니도, 아빠도 언제까지나 가족일 거라고, 다온은 믿고 싶어졌다.

아이들은 콩쿠르 시작 삼십 분 전에 만나 공연장으로 갔다. 공연장엔 관객이 많지 않았다. 대부분 참가자의 부모님이거나 학원 선생님인 것 같았다. 아이들은 중간보다 더 뒷좌석 중앙에 나란히 앉았다. 빛나의 순서는 열네 번째였다. 순서지를 보니 영은이 열 번째 순서였다.

빛나와 영은은 언제나 함께 붙어 다녀서 모두가 친한 친구로 보았지만 사실 치열한 라이벌 관계였다. 초등학교 때는 빛나가 영은보다 수상 성적이 더 좋았는데 중학교에 입학하면서는 뒤바뀌었다고 했다. 빛나는 발레 자체에 흥미를 잃어 가고 있었다.

첫 순서부터 아이들은 무대에서 눈을 뗄 수 없었다. 참가자들은 모두 화려한 발레복을 입고 있었고 팔다리가 길쭉길쭉했다.

"어떻게 한 발로 저렇게 오래 서 있을 수 있지?"

아율이 다온에게 속삭였다. 콩쿠르 참가자들은 입시를 준비하는 학생들이지만 아이들의 눈엔 모두가 프로처럼 보였다. 참가자들이 순서를 마칠 때마다 아이들은 박수를 쳤다. 앞자리에 앉아 있던 학원 관계자들이 언뜻 쳐다보는 것 같았지만 신경 쓰지 않았다.

집중해서 보고 있으니 어느새 영은의 순서가 됐다. 영은은 학교에서 보던 모습과는 딴판이었다. 허리를 곧게 펴고 위풍당당하게 무대 중앙으로 나와 곧바로 자세를 바꾸었다. 앞 순서 참가자들보다 동작이 커 보이고 시원시원했다. 발레에 대해 잘 모르는 아이들의 눈에도 영은은 대단해 보였다.

"쟤 진짜 이쁘다……."

하나가 넋을 놓고 쳐다봤다. 무대 위에서 날아다니는 영은을 보니 교복을 입은 평소의 모습이 상상되지 않았다. 영은은 마지막 동작까지 거침없었다. 그러면서도 은은한 미소를 잃지 않았다. 영은의 동작이 멈추자 앞좌석에 앉은 사람이 크게 박수를 치며 휘파람을 불었다. 주변에선 눈살을 찌푸리고 그 사람을 쳐다봤지만 전혀 개의치 않았다.

빛나의 순서가 되자 다온과 아율은 누가 먼저랄 것도 없이 손을 꼭 잡았다. 무대로 나온 빛나는 전혀 다른 사람 같았다. 말 그대로 반짝반짝했다. 발레가 너무 힘들다고 말하던 빛나는 온데간데없었고 무대 위에서 빛나는 발레리나만 있었다. 노래가 시작되고 빛나가 움직이기 시작했다. 영은과는 다른 곡이었다. 다리를 높게 드는 동작이 더 많았다. 아이들은 홀린 듯 빛나의 무대에 빠져들었다. 그런데 무대 중간에 앞좌석에 있던 사람들이 우르르

바깥으로 나가 버리는 통에 어두운 공연장이 잠시간 밝아졌다. 그때 턴을 하고 있던 빛나가 중심을 잃고 넘어지고 말았다. 빛나는 잠시 당황한 듯 다시 일어나지도, 다음 동작을 이어가지도 못했다. 다온은 마치 자신이 빛나가 되기라도 한 듯 숨을 쉴 수 없었다. 마음 같아선 공연 중 밖으로 나가 버린 사람들에게 욕을 퍼붓고 싶었다. 그때 하나가 벌떡 일어났다.

"괜찮아! 네가 제일 빛나!"

하나의 우렁찬 목소리가 공연장을 가득 채웠다. 다온과 아율은 깜짝 놀라 하나를 다시 자리에 앉혔고, 따가운 사람들의 시선에 눈인사로 죄송함을 표현했다. 그때 빛나가 일어나 동작을 이어 갔다. 노래의 절반이 날아가 버렸지만 다온은 빛나가 얼마나 대단한지 나머지 반으로도 충분히 느낄 수 있었다. 빛나가 무대를 마치자 아이들은 이전보다 훨씬 큰 박수를 보냈다. 빛나는 웃고 있었다. 조명 때문인지 빛나의 얼굴이 더욱 환하게 빛났다.

빛나는 입상에 실패했다. 일등은 영은이었다. 아이들은 로비에서 빛나가 나오길 기다렸다. 하나는 콩쿨 관계자에게 잔소리를 들었다. 콩쿨 중엔 그렇게 큰 소리를 내면 안 된다는 거였다.

"큰 소리는 안 되고, 공연 중에 막 나가는 건 돼요?"

하나의 말대답에 관계자는 말을 얼버무리며 다음부턴 주의하라고 했다. 하나는 건성으로 대답하곤 아이들 곁으로 돌아왔다. 로비에 먼저 나온 건 영은이었다. 영은은 커다란 꽃다발을 여러

개 품에 안고 있었다. 그 옆으로 빛나가 손을 흔들며 달려 나왔다.

"우리도 꽃 준비할걸."

유진이 말했고 빛나가 웃었다.

"괜찮아. 다음에 준비해 줘."

빛나의 말에 아이들은 빛나를 가만히 쳐다봤다. 빛나는 무대 위에서보다 더 빛나는 것 같았다. 마치 세계 투어를 마친 유명 발레리나 같았다.

"다온아, 오늘 언니한테 가자."

"어? 오늘 바로?"

"응, 오늘."

그렇게 말하는 빛나의 눈빛이 결연하기까지 했다.

"태몽 없이 태어난 애가 잘 자랐다는 걸 보여 주고 싶은 거잖아? 그럼 꼭 오늘이어야 해."

빛나의 눈이 반짝였고, 멀리서 빛나를 부르는 목소리가 들렸다.

"엄마가 부른다. 나 금방 갔다 올 테니까 잠깐만 기다려!"

빛나가 멀어졌고 영은이 그런 빛나를 곁눈질로 쳐다봤다. 빛나는 영은에게 눈길조차 주지 않았다.

"빛나는 발레 계속할 건가 봐."

유진이 말했다. 빛나는 입상에 실패했지만 일등을 한 영은보다도 얼굴이 환했다. 내내 어둡기만 했던 얼굴에 빛이 든 것이다. 꿈이란 그런 것일지도 모른다고, 그렇게 힘들고 포기해 버리고 싶어도 다시 일어나게 하는 것일지도 모른다고 다온은 생각했다.

다온은 다희에게 전화를 걸었다. 우선 시간이 되는지 물어봐야 했다. 집에서 만나는 게 좋을지, 근처 카페가 좋을지도 고민되었다.

그런데 전화를 받은 다희는 병원에 있었다. 오늘 아침 급작스럽게 입원하게 되었다고 했다. 다온은 깜짝 놀라 택시를 잡았다. 어느새 가방을 챙겨 온 빛나까지 택시에 올라탔다. 다른 아이들까지 모두 같이 가겠다고 우기는 바람에 뒷좌석에 네 명이서 비좁게 탔다. 병원으로 가는 내내 왼손은 하나가, 오른손은 아율이 잡아 주었다. 긴장해서 땀이 나는 것 같으면 빛나가 부채질을 해 줬다. 조수석에 앉은 유진은 택시 기사님에게 병원으로 가는 가장 빠른 길이 맞는지 여러 번 확인했다.

갑자기 들이닥친 아이들을 보고 다희는 깜짝 놀랐다.

"무슨 일이야?"

다희는 환자복을 입고 있었지만 안색이 나빠 보이진 않았다.

"괜찮아?"

다온은 빠르게 언니에게 다가갔다.

"그냥 빈혈 때문에 입원한 거야. 온 김에 검사 몇 개 더 하려고. 다 듣지도 않고 끊더니, 그렇게 걱정됐어?"

다희가 웃으며 말했다. 다온은 다리에 힘이 풀려 주저앉았고 유진이 부축해 줬다.

"무슨 일 있었어? 친구들이랑 놀다가 온 거야?"

다희의 말에 아이들은 그제야 언니에게 인사를 건넸다.

"같이 있다가 언니가 입원했다는 소식 듣고 따라왔어요. 별일 아니라 다행이에요."

유진이 차분히 상황을 설명했다.

"친구들이 괜히 고생했네. 별일 아니니까 걱정 안 해도 돼. 언니가 카드 줄 테니까 친구들이랑 맛있는 거 먹어."

다희가 지갑에서 카드를 꺼내 다온에게 건넸다. 다온은 카드를 받지 못하고 가만히 서 있었다. 그때 빛나가 다온의 어깨에 손을 얹었다. 빛나가 다온을 쳐다봤고 다온은 고개를 끄덕였다. 거짓말을 털어놓기까지는 아주 오래 뜸을 들일 것 같다고 생각했었다. 이렇게 급히 달려와 말하게 될 줄은 상상도 하지 못했다. 하지만 이제 말해야 할 것 같았다. 빛나가 다온의 옆에 서자 유진이 뒤로 물러났다.

"우린 나가 있을게. 언니, 금방 회복하길 바랄게요."

유진과 아율, 하나가 인사를 한 후 병실을 나갔다. 다희는 어리둥절한 표정으로 다온을 쳐다봤고, 다온의 입술이 머뭇머뭇 달싹거렸다. 언니에게 진실을 고백하는 순간을 수백 번 상상했다. 아니, 진실을 들었을 때 언니의 반응을 수백 번, 수천 번 상상했다. 아무리 상상을 많이 했어도 그것을 실제로 마주하는 순간은 두렵고 긴장되리라는 것도 알았다.

"언니……. 내가 할 말이 있는데……. 사실은……."

망설이는 다온의 옆에서 빛나가 손을 잡아 줬다. 따뜻하고 힘이 가득한 손이었다. 다희는 가만히 다온의 이야기를 들었다. 당황한 기색이 역력했으나 횡설수설하는 다온의 이야기를 끝까지 들었다. 다온이 머뭇머뭇 작은 목소리로 이야기를 마치자, 빛나가 이어서 말했다.

"저는 강빛나예요. 엄마가 빛나는 사람이 되라고 지어 주신 이름이에요. 태몽은 없지만 저는 꿈을 되게 많이 꾸고요, 지금까지 잘 컸어요. 앞으론 더 잘 커서 유명한 발레리나가 될 거예요."

떨지도 않고 씩씩한 빛나의 말에 다희가 조금 웃었다.

"저는 나가 있을게요. 다온아, 밖에서 기다릴게."

빛나가 다온의 손을 한 번 힘주어 잡았다 놓곤 병실을 나갔다. 병실 안은 금세 고요해졌다. 다온은 고개를 숙이고 괜히 손가락만 만지작거렸다.

"다온아, 앉아."

다온은 의자를 끌어와 다희의 곁에 앉았다. 다희는 생각에 잠긴 듯 멍한 얼굴이었다.

"미안해……. 그런 거짓말 해서. 처음에는 언니를 위해서 한 거짓말이라고 생각했는데, 언니랑 더 가까워지고 싶어서 내 생각만 한 거였어. 계속 숨길까 고민했는데 언니한테 거짓말쟁이가 되고 싶지 않아. 미안해. 나 너무 이기적이지……."

결국 눈물이 터지고 말았다. 다희의 얼굴을 쳐다볼 수 없었다.

언니는 무슨 생각을 하고 있을까. 아무 말도 하지 않으니 알 수가 없다. 다희와 다온은 늘 그랬다. 아무 말도 하지 않았다. 그래서 서로를 몰랐다. 나쁜 말은 삼키고 좋은 말만 하면 좋아질 거라고 생각했었다. 하지만 가족이란 건 그런 게 아니었다. 좋은 면만 보는 게 아니었다. 왜 모르려고 했을까.

"다온아."

다희가 다온의 손을 잡아 자신의 배 위에 올려 두었다. 얇은 환자복 밑으로 따뜻하고 단단한 배가 느껴졌다. 그리고 손바닥을 통통 두드리는 느낌이 났다. 다온은 깜짝 놀라 다희를 쳐다봤다.

"찰떡이는 건강할 거야. 무사히 태어날 거야."

다희가 다짐하듯 말했다.

"빛나처럼 꿈꾸는 아이로 자랄 거야. 그렇지?"

다희의 눈에 눈물이 차올랐다. 다희는 불안해하고 있었다. 그러나 이겨 내고 있었다. 다온은 고개를 두 번, 세 번 끄덕였다. 언니을 안심시켜 줄 수 있다면 백 번이고 천 번이고 고개를 끄덕일 것이었다.

"우리 둘 다 동생이나 언니를 가져 본 적이 없어서 참 힘들었네. 좋은 말만 하면 다 좋아질 거라고 생각했어, 나도."

다희의 목소리가 가늘게 떨리고 있었다. 다희는 다온에게 언제나 강한 사람, 어른이었다. 그래서 동경했고, 가까워지고 싶었고, 미움 받고 싶지 않았다. 강하다고만 생각했던 언니의 떨림이 멀게 느껴지던 언니를 코앞에 데려다 놓았다.

"좋은 모습만 보여 주려고 하지 말자. 거짓말은 가끔씩만 하고, 솔직하면 좋겠어. 왜냐면…… 조금은 네가 믿거든. 태몽에 매달리던 내가 바보 같기도 하고."

"내가 미워?"

"응, 미워 죽겠네."

그러나 다희는 웃고 있었다. 다온은 다희를 와락 껴안았다. 다희는 울고 있는 다온을 토닥였다. 가족이 된 후로 언니가 처음으로 나를 미워한다. 미움 받는 게 이렇게 기뻐도 되는 걸까. 다온은 다희와 이제야 가족이 된 것만 같았다. 이제야 서로의 존재를 설명하지 못해 당황하던 그 길목을 벗어난 것 같다. 좋은 모습만 보여 주고 좋은 말만 해야 하는 게 아니라, 때로 미워하고 싸워도 괜찮다. 가족이니까. 다온은 자신이 오랫동안 그런 가족을 가지고 싶었다는 것을 깨달았다.

"그래도 조금만 미워해야 해……."

다희는 다온을 더 꽉 안아 주었다. 다희의 배에 닿은 다온의 옆구리에 통통 튀는 느낌이 전해졌다. 다온은 찰떡이가 어떤 아이가 될지 상상했다. 다희를 닮아 똑똑하고 재형을 닮아 상냥한 사람이 될 거라고 믿어 의심치 않았다.

다온은 눈이 통통 부은 채 친구들을 데리고 햄버거를 먹으러 갔다. 하나는 다온의 눈을 보고 낄낄거렸고 다온은 따라 웃었다.

"언니가 먹고 싶은 거 다 먹으래."

다온은 다희가 준 카드를 꺼내 들었다. 아이들은 신나서 햄버거를 주문했다.

"나 햄버거 두 개 먹어도 돼?"

빛나가 물었다.

"당연하지."

햄버거가 나오고 빛나는 햄버거 하나를 빠르게 해치웠다. 아이들은 걱정스러운 표정으로 빛나를 지켜봤다.

"걱정 마. 이제 먹토 안 할 거야."

"진짜?"

빛나의 말에 아이들이 되물었다.

"그건 확실히 병이었어. 거식증 같은 거. 먹을 걸 보면 참지 못하고 막 먹고, 토하고……. 이제 엄마랑 병원 다니기로 했어. 고칠 수 있을 거야."

"엄마한테 말했어?"

하나가 물었다.

"응. 나……발레 오래오래 하고 싶어졌어. 너무 힘들고 다 그만두고 싶다가도, 무대에만 오르면 또 하고 싶고……. 계속 혼란스러웠어. 근데 오늘 너희들이 응원 와 줘서 알았어. 내가 생각보다도 더 발레를 좋아한다는 걸. 그래서 아까 엄마한테 말했어. 엄마의 욕심이 아니라, 내가 진짜 해낼 수 있게 제대로 응원해 달라고."

빛나가 두 번째 햄버거를 크게 한입 베어 물었다. 빛나는 무대에서만큼이나 반짝이는 것 같았다. 아이들은 햄버거를 다 먹고도 오랫동안 마주 앉아 대화를 나눴다. 아율이 아빠에게 아빠 빨래는 아빠가 정리하라고 말했다는 이야기와 하나가 성빈이와 싸워 처음으로 이겼다는 이야기, 유진이 더 이상 그 상자를 열어 보지 않는다는 이야기를 주고받았다. 다온의 마음이 평온했다. 중학교에 올라와 처음 느껴 보는 감정이었다. 마음을 무겁게 만들었던 고민이 해결되어서만은 아니었다. 다온에게도, 아이들에게도, 친구가 생긴 것이다.

선인장을 안은 아이들

기말고사 성적표가 나온 날, 다온은 처음으로 아빠에게 혼이 났다. 아빠는 다온이 여름방학부터 다닐 학원을 등록했고, 엄마와 다희가 옆에서 놀렸다. 다온은 울상이 되어 여름방학을 빼앗기는 게 불공평하다고 억울함을 토로했지만 아빠는 물러서지 않았다. 엄한 척하는 모습이 사뭇 어색했지만 가족 모두 모르는 척했다. 그날 저녁 식사는 풍성했고 시끌벅적했다. 기나긴 1학기가 끝나가고 있었다.

축제 준비로 학교가 어수선했다. 빛나는 축제 공연 준비로 분주했고 다온, 아율, 하나, 유진은 고민 상담 동아리 '선인장을 안은 아이들'을 만들었다. 거짓말 무덤 이야기를 들은 담임 선생님이 다온에게 상담 동아리를 제안했다. 동아리의 절대적인 규칙은 '비밀 엄수'였다.

축제 날, 아이들은 도서관을 상담 장소로 정했다. 여름이 시작되어 운동장은 열기로 가득했다. 아이들은 에어컨이 나오는 도서관에 앉아 고민 상담을 원하는 친구를 기다렸다.

"아무도 안 오네."

하나가 말했다. 밖은 떠들썩했지만 도서관은 조용하고 나른하기만 했다.

"원래 고민 말하는 거 어렵잖아."

유진이 말했다. 처음 동아리를 만든다고 했을 때, 선민 무리가 딴지를 걸었다.

고민 상담부? 거기 부원들 다 문제 있는 애들 아냐?

하린이 깐족거렸지만 무시했다. 관심을 주지 않는 것이 그 애들을 가장 화나게 하는 방법이라는 걸 지금은 잘 알았다. 그런 하린이 나중에 은밀히 상담부에 찾아왔을 땐 모두 놀라 까무러칠 뻔했다. 하린은 절대, 절대, 절대 비밀이라며 자신의 이야기를 시작했고 아이들은 하린의 이야기를 가만히 듣고 절대, 절대, 절대 비밀을 지켰다.

"고민 상담부?"

도서관 안으로 서원이 들어왔다. 아이들은 상담을 원하는 학생인 줄 알고 잠시 기뻐하다가 말았다.

"너무하네. 나 상담 받으러 왔는데."

"진짜?"

아율이 눈을 반짝이며 서원을 자리로 안내했다. 아이들의 시선이 집중되자 서원이 조금 부담스러운 듯 의자를 뒤로 뺐다.

"편하게 얘기해 봐."

유진이 말했고 아이들은 서원의 말을 기다렸다.

"고민이 없는 것도 고민이 되나?"

서원의 말에 모두 김이 새어 버렸지만 내색하지 않고 자세를 똑바로 고쳐 앉았다. '선인장을 안은 아이들'의 두 번째 규칙. 어떤 이야기도 허투루 듣지 않을 것.

"잘 왔어. 주스 있는데 마실래?"

유진이 책상 아래 작은 냉장고를 열며 물었다. 선생님이 몰래 지원해 준 냉장고였다.

고민 상담엔 음료가 필수란다. 비밀을 말할 땐 목이 타는 법이거든.

아이들은 선생님의 말을 가슴에 새겼다. 자신들이 그랬듯, 가장 깊은 곳에 있는 말을 꺼내는 건 무척 어려운 일이다. 서원은 유진이 건넨 오렌지주스를 마셨다. 아이들은 서원이 먼저 말을 시작할 때까지 아무 말도 하지 않았다. 재촉하지 않는 것이 얼마나 중요한 일인지 잘 알았다. 모든 것엔 때가 있다. 아이들은 자신들이 서원의 그 '때'가 될 수 있다면 정말 기쁠 것 같다고 무의식 중에 기대하고 있었다.

여름방학은 순식간에 지나갈 것이 분명했기에 아이들은 서둘러 놀러 갈 약속을 잡았다. 다온은 여름방학이 시작되고 꼼짝없이 아빠가 등록한 학원에 다니기 시작했다. 유진이 따라 등록해 기뻤지만 유진은 정말 공부만 했다. 하는 수 없이 다온도 공부에 집중해야 했다.

방학이 시작되고 일주일 후, 아이들은 유진의 할머니 댁에 놀러 가기로 했다. 할머니는 충청남도 논산의 작은 산골 마을에 살았다. 조금만 걸어 올라가면 큰 계곡이 있다고 했다. 거리가 멀어 1박 2일로 여행을 계획했고 부모님들에게 어떻게 허락을 받을지 함께 의논했다. 허락이 쉽지 않을 거란 고민이 무색하게 부모님들은 흔쾌히 여행을 허락했다. 다온의 집에선 과일을, 아율네에선 고기를, 하나네에선 할머니에게 드릴 홍삼을 챙겨 주었고 7인승 자동차가 있는 빛나네 엄마가 아이들을 태워다 주기로 했다. 출발 당일, 다섯 아이들과 부모님들이 준비한 물건들이 가득인 탓에 짐을 싣느라 고군분투했지만 아이들은 마냥 즐겁기만 했다.

유진의 할머니 댁은 산 중턱에 있었다. 나무가 울창했고 집 앞에 커다란 밭이 있었다. 밭에는 갖은 채소들이 벌써 열매를 맺어 싱그러웠다. 집 앞에 다다르자 할머니가 뛰어나와 아이들을 반겨 주었다.

여름의 햇볕은 뜨거웠고 계곡은 시원했다. 아이들은 할머니의 텃밭에서 토마토를 따다 먹었다. 계곡에서 놀다가 돌아온 후론 계속 먹기만 했다. 할머니는 쉬지 않고 뭔가를 만들어 주다가 8시

가 되자 잠이 들었고 아이들은 평상에 나란히 누워 별을 구경했
다. 여름철엔 작물도 잠을 잘 수 있도록 가로등을 꺼 둔다고 유진
네 아저씨가 설명해 줬다.

"배불러."

하나가 배를 통통 두드리며 말했다.

"할머니가 원래 손이 크셔."

유진이 말했다.

"이렇게 기분 좋게 많이 먹은 건 처음인 것 같아. 걱정 없이, 눈
치도 안 보고 먹은 건."

빛나가 킥킥거렸다. 빛나는 엄마와 병원에 다니기 시작했다. 폭
식하고 토하는 증세는 사라졌지만 심리적 안정을 위해 정신과 진
료를 받고 있다고 했다.

"눈칫밥 진짜 별로야. 너희들은 모르지?"

하나가 말했다.

"나라고 모를 것 같아?"

다온이 대답했다.

"너흰 밥이라도 먹었지, 난 먹지도 못했어."

빛나의 말에 모두가 조금 웃었다.

"난 매웠어……."

아율의 말에 결국 모두가 크게 웃음을 터트렸다. 유진이 가장
크게 웃었다.

"애 봐라. 눈칫밥 안 먹어 봐서 웃나 보네."

하나가 유진의 옆구리를 찌르자 유진이 기겁하며 벌떡 일어났다.

"얘들아, 수박 먹어라."

모두가 고개를 돌려 아저씨를 쳐다봤다. 아저씨는 커다란 은쟁반에 수박을 가득 잘라 내오고 있었다. 아이들은 웃었다. 풀벌레가 요란하게 울어 댔고 밤하늘엔 별이 촘촘하게 떠 있었다.

"별똥별이다!"

아율이 밤하늘을 가리키며 소리쳤다. 모두가 아율의 손끝을 바라봤지만 밤하늘은 고요하기만 했다.

"에이, 잘못 본 거겠지."

하나가 금세 시선을 거두고 수박을 한입 크게 베어 물었다.

"분명 봤는데……."

아율은 억울한 듯 머리를 긁적이다가 다시 밤하늘 보기에 열중했다.

"별똥별 맞을 거야. 별똥별은 사실 매일 떨어지고 있대. 근데 우리가 못 보는 거래."

"왜?"

유진의 말에 빛나가 물었다.

"도시는 너무 밝으니까. 어두워야 별이 잘 보이잖아. 그리고 사람들은 그렇게 오래 하늘을 보지 않는대. 아율이처럼 오래도록 바라봐야 볼 수 있는 거지."

다온은 하늘을 올려다봤다. 서울에선 한 번도 밤하늘을 이토록 오래 올려다본 적이 없다는 사실이 새삼 놀라웠다. 에어컨이 없는 시골의 여름밤은 무더웠지만 수박 한입으로 더위를 물리칠 수 있었다.

"있잖아, 얘들아. 나 전학 가."

빛나의 말에 모두가 깜짝 놀라 몸을 일으켰다.

"왜?"

하나가 물었고 모두가 같은 질문을 하는 듯 빛나를 바라봤다.

"예술 중학교로 전학 가기로 했어. 늦게 준비해서 안 될 줄 알았는데, 다행히 수상 실적이 도움이 됐어. 지방에 있는 데라 서울에 자주 오진 못할 것 같아."

"그럼 너 혼자 가는 거야? 아니면 부모님이랑?"

유진이 물었다.

"혼자 기숙사에서 지내기로 했어. 상담 선생님이 엄마랑 나랑 떨어져 지내는 게 도움이 될지도 모른다고 하더라고. 엄만 여전히 걱정이 많지만 날 믿으려고 노력하셔. 나도, 나를 믿고 싶어졌고."

빛나가 수줍게 웃었다. 다온은 다시 밤하늘을 올려다봤다. 별똥별을 찾기 위해 애쓰지는 않았다. 포근한 바람이 온몸을 감싸는 것 같았다. 다온은 문득 한 학기 만에 너무나 많은 일이 일어났다고 생각했다. 그 시간이 어떤 의미가 되어 줄지 지금은 다 알지 못

하겠지만 분명 오래도록 오늘을 기억할 것이다. 유진도, 빛나도, 아율도, 하나도 모두 그랬으면 좋겠다고 다온은 내내 생각했다.

새 학기가 시작되고 아율은 상담 동아리를 탈퇴하고 요리 동아리에 가입했다. 아율은 언젠가 집으로 아이들을 초대하겠다고 했다. 아직은 계란프라이의 노른자도 매번 터뜨리는 수준이지만 나아질 거라고 호언장담했다. 하나도 현지와 사진 동아리에 들었다. 언젠가 본 하나의 카메라에는 밀가루를 뒤집어쓴 성빈이 환하게 웃고 있었다. 아율과 하나는 나갔지만 상담 동아리엔 새 부원이 여럿 들어왔다. 그중엔 서원도 있었다.

거짓말 무덤은 완전히 사라졌다. 전처럼 매주 토요일마다 모이지도 않았다. 하지만 유진은 서운해하거나 조급해하지도 않았다. 그들은 자주 보지 못해도, 멀리 떨어져 있어도 여전히 친구였다.

여름방학이 끝나기 전, 찰떡이는 3.6킬로그램의 무게로 무사히 세상에 도착했다. 태어난 지 백일을 막 넘겼을 때 집에 놀러 온 찰떡이는 다온이 매일매일 다희에게 받은 사진보다 작아 보였다. 다온은 조심스럽게 조카의 손바닥에 검지를 가져다 댔다. 너무 작아서 어쩔 줄 몰라하는 다온의 손가락을 아기가 그러쥐었다. 다온이 고장 난 듯 멈춰 버리자 가족 모두가 웃었다.

다온은 요즘 자주 미래를 상상한다. 커다란 공연장 무대에 오른 빛나를 보러 간 다온과 다온의 손을 꼭 잡은 귀여운 남자아이, 추억으로 가득 찬 상자를 가진 유진과 여전히 자주 밤하늘을 올려다보는 아율, 더 이상 사랑을 의심하지 않는 하나를 마주한 순간 같은 장면이 어쩐지 계속 눈앞을 스쳐 지나갔다. 어두운 마음에 별이 되어 준 아이들은 그렇게 오래도록 반짝일 것이었다.

『소란한 비밀』을 쓰며 가장 많이 떠올린 것은 아이들의 거짓말
이 들통나는 장면이었습니다. 모든 게 들통나서 더 이상 지킬 비
밀이 없어진다면 오히려 편안해질까요? 혹은 더 불편해질까요?
결말을 알 수 없어 불안해하는 아이들에게서 저는 더 나은 미래
를 상상하려 애썼던 것 같습니다.

저는 비밀이 들통나는 게 두려워 정직한 아이로 성장했습니다.
비밀의 무게는 제각각이지만 모두가 자신의 비밀이 가장 무겁다
고 느낍니다. 비밀을 가진 사람은 그렇게 주위를 살피지 못하게
되며 감정은 고립되지요. 어린 시절, 들키고 싶지 않은 비밀로 마
음이 나날이 무거워져 갈 때, '거짓말 무덤'이 있었다면 어땠을까
요? 나만 그렇게 힘들고 아픈 것이 아니라는 사실, 나와 같은 사
람이 더 있다는 사실만으로 위로가 되어 주지 않았을까요? 비록

비뚤어진 의도로 만들어졌지만 아이들은 그곳에서 진정한 우정이란 무엇인지 생각하게 되었습니다. 『소란한 비밀』은 아이들이 비밀과 거짓말을 지키기 위해 고군분투하다가 진실된 마음과 마주하는 기적 같은 순간에서 태어났습니다.

어린 시절의 저는 유진과 비슷했습니다. 생각이 무척 많았지만 입 밖으로는 잘 꺼내 놓지 않았어요. 대신 일기를 썼습니다. 매번 빨간색 다이어리를 고집했던 터라 친구들에게 '저주 노트'라고 불리기도 했지요. 그 안엔 제가 가진 순도 높은 미움이 가득 들어 있었고, 제 가방을 뒤져 일기장을 훔쳐본 사람도 있었습니다. 누군가가 나의 안을 훤히 들여다본 것처럼 부끄럽고 화가 났지만 따져 묻지 않았어요. 비밀은 제게 늘 그런 것이었습니다. 당시에는 너무나 거대했지만 지나고 보면 아무것도 아닌 것들. 들키는 것을 가장 두려워하면서도 사실은 어서 들켰으면 좋겠는 것들. 그런 마음의 충돌이 언제나 제 안을 흔들어 놓았습니다.

그러한 시절을 돌이켜 보니 아이들의 비밀이 소란스럽길 바라게 되었습니다. 거짓말을 했다고 벌을 받지도 않으면 했어요. 비밀은 때론 너무 무거워서 지니고 있는 것만으로 숨이 차기도 합니다. 웃고 떠들기도 바쁜 아이들이 비밀이 가득 든 주머니 때문에 무언가를 망설이는 일이 없었으면 좋겠습니다.

비밀은 나를 더 성장하게 합니다. 아이들은 강해졌습니다. 비밀을 품고, 들통나기도, 고백하기도 했습니다. 한바탕 소란이 지나가고 나면 별이 쏟아지는 어느 밤에 도착합니다. 아이들은 밤하늘을 봅니다. 별똥별이 떨어지든 말든, 별이 없다고 해서 금방 눈을 돌리지 않아요. 아이들은 비밀로부터 보이지 않는 것을 믿는 힘을 배우게 되었습니다.

이야기를 완성하며, 세상에서 제일 큰 귀를 가진 사람이 되고 싶다고 종종 생각했습니다. 아주 작은 소리도, 끝내 전하지 못한 혼잣말이나 누군가의 마음의 소리까지 들을 수 있으면 좋겠다고요. 그래서 다섯 아이들의 상처가 조금 더 빨리 아물면 좋겠다고요. 다온, 유진, 하나, 빛나, 아율에게 비밀을 나눌 수 있는 친구가 생겨 정말 다행입니다. 꼬옥 껴안고 등을 토닥여 주고 싶습니다.

추운 겨울에 처음 시작된 『소란한 비밀』이 새해와 함께 여러분께 갑니다. 함께 다섯 아이들의 이야기에 귀 기울여 주신 안신희 편집자님께 감사를 전하고 싶습니다.

마지막으로 『소란한 비밀』의 독자들께, 특히 말 못 할 비밀로 속앓이를 하고 계신 당신께 더 이상 혼자 끙끙거리지 말라고, 온 세상이 떠들썩하도록 소란스러워도 된다고, 당신의 곁엔 늘 듣는 귀와 등을 쓸어내려 줄 손이 분명히 있다는 걸 잊지 않길 바란다고 전하고 싶습니다.

2026년 겨울
강은지